El material humano

Rodrigo Rey Rosa

El material humano

El papel utilizado para la impresión de este libro ha sido fabricado a partir de madera procedente de bosques y plantaciones gestionadas con los más altos estándares ambientales, garantizando una explotación de los recursos sostenible con el medio ambiente y beneficiosa para las personas. Por este motivo, Greenpeace acredita que este libro cumple los requisitos ambientales y sociales necesarios para ser considerado un libro «amigo de los bosques». El proyecto «Libros amigos de los bosques» promueve la conservación y el uso sostenible de los bosques, en especial de los Bosques Primarios, los últimos bosques vírgenes del planeta.

Papel certificado por el Forest Stewardship Council®

Primera edición en Alfaguara: junio de 2017

Printed in Spain – Impreso en España

ISBN: 978-84-204-2747-8
Depósito legal: B-8717-2017

Compuesto en Arca Edinet, S. L.
Impreso en Unigraf, Móstoles (Madrid)

A L 2 7 4 7 8

Penguin
Random House
Grupo Editorial

Para Marta García Salas

Aunque no lo parezca, aunque no quiera parecerlo, ésta es una obra de ficción.

Introducción

Poco tiempo antes de que se conociera la existencia del célebre Archivo del que he querido ocuparme, la madrugada del 17 de junio del 2005, un incendio y una serie de explosiones destruyeron parcialmente un polvorín del Ejército Nacional situado en un establecimiento militar de una zona marginal en la ciudad de Guatemala, donde se almacenaba alrededor de una tonelada de proyectiles de diversos calibres, residuos del material bélico utilizado durante la guerra interna que comenzó en 1960 y terminó en 1996. Un agente de la Procuraduría de los Derechos Humanos fue delegado para investigar la existencia de otros almacenes de explosivos que podían representar un peligro parecido. Para esto, visitó las instalaciones de La Isla, que está en el extremo norte de la ciudad y es un complejo de edificios policíacos que incluye la Academia de la Policía, un centro de investigaciones criminales, un vasto depósito de vehículos accidentados, la perrera policíaca, un hospital abandonado, y el polvorín. Misteriosamente, los artefactos explosivos (candelas de dinamita, granadas, morteros) que se suponía que estaban almacenados ahí desaparecieron la víspera de la investigación. Sin embargo, en un edificio adyacente, que tal vez funcionó como hospital pero que según los investigadores de la Procuraduría fue usado como centro de torturas —con las ventanas de casi todas las habitaciones condenadas con ladrillos o bloques de cemento—, el delegado de la Procuraduría descubrió un cuarto lleno de papeles, carpetas, cajas y sacos de documentos policíacos. Y así lo estaban casi todos los cuartos y salas del primer y segundo piso del edificio y otras construcciones adyacentes.

Posiblemente para la disolución de la Policía Nacional a partir de los acuerdos de paz firmados en 1996, alguien dio la orden de trasladar a este sitio el Archivo del antiguo Palacio de la Policía y de otras comisarías departamentales, de modo que los ochenta y tantos millones de documentos que se calcula que contiene actualmente el Archivo —con libros de actas que datan de la década de 1890— estuvieron ocultos desde entonces, hasta que, el 6 de julio del 2005, la prensa local dio la noticia del inverosímil y afortunado hallazgo.

Cuando me entrevisté por primera vez con el jefe del Proyecto de Recuperación del Archivo, mi intención era conocer los casos de intelectuales y artistas que fueron objeto de investigación policíaca —o que colaboraron con la policía como informantes o delatores— durante el siglo XX. Pero en vista del estado caótico en que se encontraba el material («Harán falta unos quince años para clasificar los documentos», me dijo el jefe) había que descartar esa idea por impracticable. Sin embargo, él mismo me invitó a visitar las instalaciones del Archivo, y mencionó un departamento que podría presentar un interés particular, el Gabinete de Identificación, que había sido conservado —casi como por milagro—, si no íntegramente, sí en buena parte y en un solo sitio. Además, los documentos que contenía cubrían un amplio arco de tiempo y habían sido ya catalogados en su totalidad.

Durante varias semanas después del hallazgo del Archivo, nadie se había percatado de la existencia de las fichas y expedientes que pertenecieron a este Gabinete. Entre dos módulos del antiguo hospital, había un montículo de tierra por encima del cual pasaba un sendero hecho por las carretillas que iban y venían cargadas de documentos que estaban siendo reubicados para su limpieza, catalogación y digitalización. Poco después de la estación de las lluvias, con la sequía, la superficie del montículo, donde ya crecía la hierba, se agrietó ligeramente, y alguien vio que debajo de la tierra había papeles, cartulinas, fotografías. Inmediatamente se suspendió el tráfico de carretillas y se examinaron los papeles, que resultaron ser las fichas de identidad policíacas y otros documentos que componen los vestigios del Gabinete. Si yo estaba interesado en ver esto —me dijo el jefe— me autorizaría para entrar en el Archivo, y quizá una vez visto el Gabinete podría visitar otras secciones, agregó. Por seguridad mía, y porque algunos de los expedientes de casos abiertos después de 1970 podían estar todavía activos o pendientes en los tribunales, me pidió que no consultara ningún documento posterior a ese año.

El día de mi primera visita al Archivo conocí a Ariadna Sandoval, una archivista de veintitrés años. Su trabajo consistía en limpiar y catalogar los documentos pertenecientes al Gabinete de Identificación.

—Al pie de las fichas procedentes de los distintos cuerpos de policía y recibidas por el Gabinete, hay un nombre que aparecerá constantemente: Benedicto

Tun. Él mismo fundó el Gabinete, en 1922, y trabajó ahí clasificando y analizando fichas hasta 1970, cuando se retiró. Fue el único jefe durante todo ese tiempo. Tal vez podría servirte de hilo conductor para tu... *investigación?* —me dijo Ariadna mientras me enseñaba las cajas donde había ido guardando durante casi un año las fichas recuperadas.

Comencé a frecuentar el Archivo como una especie de entretenimiento, y según suelo hacer cuando no tengo nada que escribir, nada que decir en realidad, durante esos días llené una serie de cuadernos, libretas y hojas sueltas con simples impresiones y observaciones. Todas las mañanas durante casi tres meses recorrí de extremo sur a extremo norte la ciudad de Guatemala para visitar el Archivo. Supongo que quienes estaban empleados ahí —tanto los archivistas ex rebeldes o humanistas que se dedicaban a la limpieza y catalogación de documentos, como los policías que los vigilaban— me veían como a un turista o advenedizo incómodo. Por mi parte, más allá de la información que esperaba obtener en ese laberinto de millones de legajos policíacos acumulados durante más de un siglo y conservados por azar, después de aquella visita inicial las circunstancias y el ambiente del Archivo de La Isla habían comenzado a parecerme novelescos, y acaso aun novelables. Una especie de *microcaos* cuya relación podría servir de coda para la singular danza macabra de nuestro último siglo.

Primera libreta: Modo & Modo

Jueves 14 de diciembre, nueve de la mañana. En el Archivo.

Me propongo hacer una lista de las fichas más llamativas o esperpénticas. Supongo que este trabajo, que tendrá algo de kafkiano —como ha sugerido Ariadna—, podría dejar entrever la figura de un hombre, el bachiller Benedicto Tun, cuya larga y peculiar trayectoria criminológica en un país con una historia política tan turbulenta como Guatemala tiene algo de hazaña.

Las fichas usadas originalmente por Tun eran del sistema Vucetich, en las que se podía consignar, además de nombres y huellas dactilares de las personas fichadas, el motivo por el que fueron fichadas, el lugar de domicilio, el estado civil, la profesión, los antecedentes y alguna observación particular. Este sistema sufrió algunas modificaciones en 1931 (como la introducción de cartulinas en lugar de tiras de papel) y en 1969 se impuso, por voluntad de la Embajada de los Estados Unidos —con el propósito de que los investigadores norteamericanos pudieran interpretar las fichas sin dificultad—, el sistema Henry, donde sólo se registran el nombre, la edad y las huellas dactilares. Además, de 1971 en adelante los guatemaltecos de sexo masculino, al obtener la mayoría de edad y solicitar la cédula de ciudadanía, comenzaron a formar parte de una base de datos situada en el Gabinete de Identificación que el Gobierno de Guatemala compartía con el de los Estados Unidos, según consta en un documento conservado en el Gabinete de Identificación. Ambos sistemas designan un lugar para las fotografías de los reos, y no son pocas las imágenes que se han conservado.

Hoy las fichas, cartulinas amarillentas de diez centímetros por quince, están roídas por la humedad y el paso del tiempo. En casi todas las que he revisado figuran, al pie, el sello y la firma de Benedicto Tun.

Segunda libreta: pasta negra

El destino es siempre desmedido: castiga un instante de distracción, el azar de tomar a la izquierda y no a la derecha, a veces con la muerte.

BORGES citado por BIOY

Archivo. Jueves por la tarde.

I. Delitos políticos

- Aguilar Elías León. Nace en 1921. Moreno, delgado, cabello negro liso; dedo pulgar del pie derecho, fáltale la mitad. Fichado en 1948 por criticar al Supremo Gobierno de la Revolución. En 1955 por pretensiones de filocomunista, según lo acusan.

- Aguirre Cook Natsuel. Nace en 1925. Oficinista, casado. Fichado en julio de 1954 por comunista. [Al reverso y en hoja adjunta:] Sindicado como uno de los más peligrosos líderes comunistas, lugarteniente de Carlos Manuel Pellicer. Agitador de fincas en la zona de Chicacao, Suchitepéquez, y cómplice de la muerte del alcalde del lugar. Operó después una radiodifusora clandestina en la finca «San Julián», Tiquisate. Durante la administración del Doctor Juan José Arévalo fue empleado en el Ministerio de Relaciones Exteriores. Detenido al solicitar licencia de piloto automovilístico.

- Ávila Aroche Jesús. Nace en 1931. Moreno. (1,86 mts.) Marimbista. Soltero. Vive con su mamá. Fichado por limpiar botas sin tener licencia. En marzo de 1962 por hurto. En diciembre de 1962 por robo. En mayo de 1963 por secuestro.

- Aguilar García Benito. Nace en 1923 en Escuintla. Soltero. Vive con su madre y hermanos. Fichado en 1948 al solicitar ingreso a la Guardia Civil. Dado de baja y puesto a disposición del Comité Nacional contra el Comunismo en 1955 por haber formado parte del pelotón de la Guardia Civil que con carácter de expedición punitiva fue enviado a Puerto Barrios al mando del teniente Cornelio Lone Mejía en el mes de junio de 1954 para efectuar actos de genocidio [en los últimos días del Gobierno de la Revolución].

- Barrientos Luis Alfredo. Nace en 1924. Periodista. Fichado en 1956 por manifestante. En 1958 por propalar ideas exóticas.

- Chavez Zacarías Horacio. Nace en 1930. Fichado en 1961 por soliviantar los ánimos de los trabajadores de la finca «El Porvenir».

- Cao Chub Sebastián. Nace (ignora la fecha). Vive con su concubina Isidra Caal. Jornalero. Analfabeto. Fichado en 1957 por provocar incendio en terreno de Ricardo Kreb.

- Cotón Ramírez. Nace en 1927 en Malacatán, San Marcos. Fichado por ser enlace entre comunistas nacionales y exiliados en México.

- Cabrera García Leopoldo. Nace en 1931. Filarmónico. Fichado sin motivo en 1956.

- Cante Villagrán Balvino. Nace en 1930. Chapador. Fichado en 1950 sin motivo.

- Castillo Román Jorge. Nace en 1920. Chauffeur. Fichado en 1955 por comunista.

- Chacón Lara Miguel. Nace en 1926. Hojalatero (en Antigua). Fichado en 1943 por insubordinación.

- Coronado Coro Álvaro. Nace en 1940. Telegrafista. Fichado en 1962 por sabotaje.

- Díaz Paredes Fausto. Nace en 1945. Tractorista. Fichado en 1970 por atentados contra instituciones democráticas y tenencia de pertrechos de guerra. En 1972 por robo, plagio y asesinato.

- Figueroa Estrada Rafael. Nace en 1924 en la capital. Agricultor. Fichado en 1955 por terrorista.

- Figueroa Vides Rodolfo. Nace en 1930. Periodista. Casado. Fichado sin motivo en 1956.

- Fajardo Pérez Antonio. Nace en 1937. Estudiante. Vive con su mamá. Fichado en 1956 por sedición y rebelión.

- García Soto Gonzalo. Nace en 1930. Ayudante de ladrillero. Fichado en 1960 por contravenir toque de queda.

- García Domínguez. Nace en 1927. Chofer. Fichado en 1964 por tenencia de explosivos.

- Gallardo Ordóñez Mario. Nace en 1929. Talabartero. Fichado en 1959 por distribuir propaganda subversiva.

- Galvez Sandoval María Virginia. Nace en 1932. Maestra empírica. Fichada en 1954 por estar afiliada al Partido de Acción Revolucionaria.

- Gudiel López María Luisa. Nace en 1934. Vive con sus padres. Fichada en 1956 por tenencia de armas.

- Hernández Carrillo Víctor. Nace en 1910 en Puerto Barrios. Pescador. Fichado en 1963 por robo de cable telefónico.

- Ingenieros Fernández Pablo. Nace en 1950. Carrocero. Fichado por maltratar la bandera patria.

- Lorenzana Marcio Iván. Nace en 1935. Vive con su mamá y hermanos en la zona 1. Dibujante. Fichado en 1960 por tenencia de pertrechos de guerra.

- Molina López Efraín. Nace en 1932. Tipógrafo. Fichado en 1960 por ser presunto responsable de estallido de bomba.

- Méndez Arriaza Pedro. Nace en 1925. Mecánico dental. Fichado en 1961 por actividades subversivas.

- Nadal Chinchilla Manuel de Jesús. Nace en 1930. Soltero. Filarmónico. Fichado en 1955 por filocomunista.

▪ Ochoa Santizo Jorge. Nace en 1943. Carrocero. Fichado en 1960 por sospechoso. Vive con su señora madre puta.

Viernes.

II. Delitos comunes

• Velásquez Vásquez Salvador. Nace en 1925. Limpiabotas. Fichado en 1937 por participar en juegos prohibidos. En 1940 por hurto. Puesto en libertad en 1941.

• Menchú Flavian Juan. Nace en 1924. Comerciante. Fichado en 1940. Buhonero sin licencia.

• Papandreas Kaleb Jorge. Nace en 1927. Estudiante. Fichado en 1942 por desobediencia a su señor padre. En 1965 por estafa y amenazas de muerte.

• Rosales Vidal Francisco. Nace en 1925. Tipógrafo. Fichado en 1940 por jugar pelota en la vía pública.

• Figueroa García Florentino. Nace en 1925. Lustrador. Vive solo. Fichado en 1945 [Gobierno de la Revolución] por limpiar botas sin licencia.

• Castañeda Contreras Catalina. Nace en 1926. Oficios domésticos. Fichada en 1940 por practicar la prostitución clandestina en su domicilio y en el restaurante La Selecta.

• Mejía de Mendizábal Julia. Nace en 1920. Domiciliada en el Callejón Aurora, #11. Fichada en 1940 por homicidio frustrado en la persona de su esposo, Gabriel Mendizábal.

• Masserli R. Carlos Fernando. Nace en 1926. Vive con sus padres. Aprendiz de mecánico. Fichado en 1941 por desobedecer a su padre. En 1948 por pederastia.

• Chávez A. Luis. Nace en 1921. Vive con su familia. Fichado en 1940 por ejercer la vagancia. En 1954 por robo.

• Herrera Hernández Petrona. Nace en 1925. Vive sola. Oficios domésticos. Fichada en 1941 por hurtar un poncho, una sábana, un vestido y un petate al señor Justo Espada España.

• Sarceño O. Juan. Nace en 1925. Jardinero. Vive con su hermana. Fichado en 1945 [Gobierno de la Revolución] por bailar tango en la cervecería «El Gaucho», donde es prohibido.

• Funes Coronado Víctor. Nace en 1923 en Champerico. Soltero. Fichado en 1942 por pescar con atarraya en tiempo de veda.

• Marroquín Cardona Vicente. Nace en 1926. Sin profesión. Fichado en 1939 por complicidad en robo de bicicleta.

• Chávez Coronado María. Nace en 1924 (menor de edad). Profesión: su sexo. No tiene hijos ni hombre conocido. Analfabeta. Capturada en agosto de 1939 en Barberena por realizar actos carnales en la vía pública.

• Pineda C. Marta. Nace en 1914. Sin domicilio fijo. Fichada en 1945 por ejercer el amor libre clandestino. Otros datos: mujer insoportable e insultadora. Vive sola.

• Carranza Ávila Rosa María. Nace en 1920. Oficios domésticos. Fichada en 1944 por cometer adulterio en su casa.

• García Aceituno Francisca. Nace en 1925. Profesión: su sexo. Fichada en 1940 por vender dulces sin tener licencia.

• Santos Aguilar Perfecta. Nace en 1922. Fichada en 1943 por padecer enfermedad venérea.

• Robles M. Ana Lucrecia. Nace en 1932. Sin oficio. Fichada en 1944 por vender leche ambulantemente sin tener licencia.

• Aceytuno Salvador Luis Fabio. Nace en 1920 en Santa Cruz, El Quiché. Fichado en 1939 por cohabitar con una marrana.

• Castillo Bartolo. Nace en 1899. Carpintero. Fichado en 1933. Acusado por Laureano E. Girón porque hace mucho tiempo dice que le dio muerte a un individuo, y que cuando estuvo de alcalde en Azacualpa estafó $14,000.

• Echevarría C. Dionisio Mauricio. Nace en 1930. Fichado en 1958 por complicidad en robo de gallinas.

• Cabrera David (hijo de Rómulo Zamora y Socorro Zamora). Nace en 1925. Sin profesión. Fichado en 1934 por implorar la caridad pública.

• Vásquez V. Mariano. Nace en 1923. Agricultor. Fichado en 1935 por esquinear y por vago.

• Charnaud José Luis. Nace en 1910. Estudiante. Fichado en 1935 por falsificación de documentos.

• Rabanales Morales Mario. Nace en 1920. Impresor. Fichado en 1944 por esquinero y por burlarse de la patria.

• Mejía Melgar José. Nace en 1920. Zapatero. Fichado en 1945 porque en la fiesta del pueblo de Pasaco bolseaba al público.

• Espinoza G. Silvia. Nace en 1918. Fichada en 1936 por agresión, arañazos y golpes a Dolores Aceituno.

• Castillo F. Ricardo. Nace en 1914. Floristero. Fichado en 1941 por esquinero reincidente.

• Carrillo Soto Encarnación. Nace en 1921. Labrador. Fichado en 1944 por agresión y por ser presunto cuatrero.

- Quiroa G. Ramiro. Nace en 1929 en Escuintla. Oficinista. Soltero. Fichado en 1960 por hurto de semovientes.

- Nils Martínez Otto. Nace en 1937. Tipógrafo. Fichado en 1952 por vago y por frecuentar prostíbulos siendo menor de edad.

- Galindo Méndez Francisco. Nace en 1915 en Tecpán. Pintor. Fichado en 1937 por vago e incorregible. En 1938 por ebrio escandaloso. En 1944 por abandono de hogar (siendo padre de dos hijos).

- Serrano E. Vicente. Nace en 1926. Fichado en 1937 por lustrar botas sin tener licencia.

- Lemus J. Carlos. Nace en 1920. Sin profesión. Fichado en 1938 por hurto. En 1942 por jugar juegos prohibidos. En 1959 por tenencia de drogas. En 1961 por tentativa de estafa.

- García Castro Ángela. Nace en 1924. Fichada en 1938 por prácticas de brujería en la casa #12 de la Avenida de la Industria, zona 9.

- Dolores Reyes Campos. Nace en 1920. Oficios domésticos. Soltera. Fichada por practicar brujerías.

- Izil Yaguas José Juan. Nace en (ignora la fecha). Vive solo y sin domicilio fijo. Fichado en 1938 por no tener gabacha para expender pan.

- Aguliar C. Pedro. Nace en 1922. Fichado en 1938 por intento de violación a Bernarda Reyes, de 12 años. En 1946 por hurto.

- Caal Mocú Julia. Nace en 1921 en Cobán. Oficios domésticos. Vive con su mamá. Fichada en 1939 por hacer daño a los árboles en paseos públicos.

- Petronilo Moreira (de raza negra, cara redonda). Nace en 1923 en Lívingston. Jornalero. Fichado en 1939 por riña tumultuaria.

- Navarro G. Ignacio. Nace en (ignora la fecha). Acróbata. Viudo. Fichado en 1939 por agredir al señor Francisco García.

- Ortega B. Enrique. Nace en 1921 en Mazatenango. Finquero. Fichado en 1950 por flagelar a su mujer.

- Larios M. Manuel. Nace en 1921 en Sololá. Jornalero. Fichado en 1939 por contrabando de alcoholes, incautándosele implementos de barro.

- Ucelo H. Lorenzo. Nace en 1921 en San José Pinula. Labrador. Fichado en 1938 por haber incendiado una montaña.

- García G. Paulino. Nace en 1920. Camarero. Fichado en 1938 por insubordinarse contra Andrés Caicedo, su patrón.

• Cáceres Diega de (raza negra). Nace en (ignora fecha) en Lívingston. Comadrona. Fichada por ejercer sin título.

• Us Castro Gregorio. Nace en (ignora fecha). Jornalero. Soltero. Ojo: vive maridablemente con Juana Quintanilla, tiene tres hijos y un hermano que es mudo. Fichado en 1938 por ser mozo fraudulento en la finca «Milán».

• Godoy O. Mario. Nace en 1920. Estudiante. Detenido por impertinente.

• Ramírez y Ramírez Anacleto. Nace en 1920 en Jutiapa. Labrador. Soltero. Fichado por hurto de veinticinco quetzales a Jesús Álvarez.

• Ochaeta F. Armando. Nace en 1921 en Flores, Petén. Sastre. Fichado a petición de su hermano Genaro Ochaeta, por haberlo amenazado con un cortaplumas.

• Ortiz V. René. Nace en 1922. Estudiante. Fichado en 1947 por tirar con cerbatana en el teatro «Lux».

• Valdés P. Sergio Estuardo. Nace en 1931. Fotógrafo. Fichado en 1952 por liberar un zopilote en el teatro «Capitol».

• Mazariegos Piedrasanta Gerardo. Nace en 1920 en Xela. Filarmónico. Detenido en 1939 en Retalhuleu por jugar juegos prohibidos.

• Pérez Gonzáles Pedro. Nace en (ignora la fecha) en Retalhuleu. Detenido en 1940 en San Marcos por complicidad en contrabando de opio.

• Pérez Gómez Alejandro. Nace en 1923 en Antigua. Jornalero. Fichado por portar una honda de hule, un garrote y un cortaplumas. No tiene cédula. Vive solo.

• Monzón López José. Nace en 1921. Labrador. Detenido por no portar ninguna clase de boleto ni libreta de trabajo.

• Méndez V. Raúl. Nace en 1929. Estudiante (menor). Fichado en 1940 a petición de su abuela, por mal comportamiento. En 1945 por ebrio escandaloso. En 1950 por estupro. En 1955 por solicitar ingreso a la Guardia Civil.

• Vizcaíno Rojas Rodolfo. Nace en 1921 en la ciudad de Guatemala. Estudiante. Fichado en 1943 por hurto y por abofetear a su madre.

• Mendoza M. Dolores. Nace en 1927 en Tiquisate. Oficios domésticos. Reside en el Hospital de Tiquisate. Fichada por actos inmorales en una zarabanda.

• Ramírez M. Eusebia. Nace en 1925 en Escuintla. Fichada en 1942 por ejercer el amor libre.

• Brown Alfredo. Raza negra. Nace (ignora fecha) en Nueva York, USA. Marinero. No habla español. Fichado en 1939 por reñir con Marcus Müller.

• Flores Rolando. Mulato. Nace en (ignora la fecha). Labrador. Reside en finca «Petén», Tiquisate. Detenido por difamación. Aseguró tener relaciones carnales con Carmen Morales, quien a petición de su madre sufrió examen médico, resultando ser virgen.

• Figueroa Santiago Boluciano. Nace en 1927. Sastre. Fichado en 1955 por reto a duelo.

• Gálvez Ravanales María. Nace en (ignora la fecha). Oficios domésticos. Soltera. Fichada en 1956 por traficar marihuana.

• Zamora del Valle Salvador. Nace en 1929. Alistador. Fichado en 1963 por tráfico de marihuana.

• Barreondo Flores Tomás. Nace en 1927 en la ciudad de Guatemala. Estudiante (menor). Fichado en 1937 por traficar marihuana.

• Urrutia R. Jorge. Nace en 1935 en la ciudad de Guatemala. Filarmónico. Fichado en 1956 por fomentar el uso de drogas prohibidas.

• Arrivillaga P. Delfino Bernardino. Nace en 1927. Jornalero en San Martín Jilotepeque. Fichado en 1955 por ejercer la hechicería.

• Barrientos Ortiz Jorge. Nace en 1926 en la ciudad de Guatemala. Panificador. Soltero. Fichado en 1955 por practicar la hechicería.

- Ninassi Tacchi Giuseppe. Italiano. Fichado en 1955 por ser componente de la banda de falsificadores de billetes de banco y cheques capturados en la República de Honduras el mes de septiembre de 1955.

- Tacaús López Máximo. Nace en 1928. Tejedor. Vive solo en Totonicapán. Fichado en 1953 porque se dedica a ingerir licor con otros individuos que se dedican a desnudar a los ebrios trasnochadores.

- Marroquín P. Santiago. Nace en 1923 en Santa Catarina Pinula. Agricultor. Fichado en 1953 por cultivo de marihuana.

- Reyes V. Dionisia. Nace en 1931 en El Progreso. Fichada por homicidio en la persona de su hermano menor, Januario Reyes, con escopeta.

- Guillermo Elezcano Lorenzo. Español. Nace en 1931. Agricultor en el Valle Matamoros. Soltero. Fichado en 1960 al ser expulsado del país por indeseable.

- Mejía Paz José Gaspar. Nace en 1933 en Totonicapán. Agricultor. Fichado en 1950 por haber dado muerte al señor Antonio Sac Mon, con palo. Ojo: tiene un hermano de treinta años que también se llama Gaspar y también está preso.

- Chacón F. Gumercinda. Nace en 1930 en la ciudad capital. Oficios domésticos. Soltera. Fichada por practicar ciencias ocultas.

• Ballesteros Noya Pancracio. Nace en 1927 en Alajuela, Costa Rica. Sastre y artista. Vive con Virginia Castellanos. Tiene dos hijos. Fichado en 1958 por ejercer la quiromancia y la cartomancia, estafando así al público. Explota también a mujeres de la vida galante.

• Marroquín Alvizures Marco Antonio. Nace en 1933. Oficinista. Fichado por publicar obscenidades.

• Carrillo Martínez Jorge Mario. Nace en 1929. Contador. Fichado en 1948 por insultos graves y daño a flores del arriate del Palacio Nacional.

• Flores R. Simón. Nace en 1952. Modisto. Fichado en 1960 por esquinero reincidente.

• Carrera Mazariegos Gilberto. Nace en 1920. Sombrerero. Casado, con cinco hijos. Fichado en 1941 por violación.

• Cervantes M. Procopio (complexión fuerte). Nace en 1928 en Zacapa. Labrador. Fichado en 1951 por homicidio en la persona de J. Paulo Pérez, con azadón.

• Chacón V. Rafael. Nace en 1926. Agente viajero. Casado. Fichado en 1967 por violación y estafa.

• Perdomo O. José. Nace en 1934. Sin oficio. Fichado en 1958 por hurto de un martillo viejo. En 1964 por infracción sanitaria.

• Antunes Pérez Emilia. Nace en 1920. Oficios domésticos en la ciudad capital. Vive con sus hijos. Fichada en 1955 por ejercer la prostitución.

• Novales Dolores. Nace en 1919. Hondureña (Puerto Cortez). Fichada en 1955 porque quiere dejar la prostitución y someterse a la vida honrada.

Por la tarde.

III. Fichas *post mortem*

† Ruano Coronado María Consuelo. Nace en 1918. Fichada en 1937 por tráfico y tenencia de marihuana. Muerta por arma de fuego en 1980.

† XX. Características: entre 32 y 37 años, de aspecto obrero (sastre, comerciante o chofer). Tez morena. Estrangulado en la vía pública en 1980.

† XX. Características: veintitantos años. Pelo negro liso. Nariz cóncava. Baleado frente a los almacenes Doresley en 1980.

† Zamora Enamorado José Cecilio. Domiciliado en Puerto Barrios. Jornalero. Señas: amputación del dedo índice derecho. Detenido el 4 de noviembre de 1961 por contrabando. Muerto por arma blanca en 1973.

† XX. Atado de pies y manos con mecate de plátano, golpeado y lanzado al río. Aclaración: al proceder a la toma de impresiones al cadáver ya mencionado

tropecé con la dificultad de que los dedos los tenía churucos, haciendo difícil tomar la huella rodada, aunque procedí a la inyectada pero tampoco me dio resultado. No me quedó más remedio que cortarle los dedos que mejor consideré para el efecto. Firma: José Héctor Terraza T, 7 de diciembre de 1974.

Nota: En un sobrecito adjunto a esta ficha encontré una tira de papel con el diagrama impreso para marcar las huellas digitales. Y allí, en lugar de las típicas manchas de tinta, estaban unos trocitos de tejido que recordaban pétalos de rosa secos, con dibujos dactilares. Examinados más de cerca resultaron ser piel humana.

Hojas adjuntas a la segunda libreta

Otras profesiones registradas en las fichas del Gabinete:

Carbonero
Mecanógrafa
Barrenero
Plomero
Brequero
Cantero
Tejedora
Engrasadora
Agente de viajes
Ferrocarrilero
Aserrador
Ayudante de camión.

Faltas ortográficas frecuentes en las fichas:

Cancetines
Inpacto de vala
Rebolución.

Cien (por sien)
Devil (por débil)
Por Mortem (por *post mortem*).

No sería prudente concluir nada tomando como base la enumeración caótica y caprichosa de una serie de fichas policíacas que resistieron al tiempo y la intemperie sólo por azar; el número de las que se perdieron o se convirtieron en humus es sin duda importante. Pero la serie muestra la índole arbitraria y muchas veces perversa de nuestro típico y original sistema de justicia, que sentó las bases para la violencia generalizada que se desencadenó en el país en los años ochenta y cuyas secuelas vivimos todavía. (Conviene recordar que los delitos menores, como el no tener la llamada «libreta de trabajo» que se exigía a los indígenas desposeídos de sus tierras por decreto gubernamental, seguían penándose en 1944 con trabajos forzados en obras del Gobierno y en fincas privadas —las fincas creadas con los despojos de las «tierras de indios».) ¿Típico y original? Ya en el siglo XVIII, al comentar el tratado *De los delitos y las penas* de Cesare Beccaria, Voltaire escribió: *Parece que en tiempos de anarquía feudal los príncipes y los señores, siendo bastante pobres, trataron de aumentar sus tesoros despojando y condenando a sus vasallos, para hacerse así una renta del mismo crimen.*

Más Voltaire:

Las debilidades sacadas a la luz agradan sólo a la malicia, a menos que instruyan por las desgracias que las han seguido o por las virtudes que las han reparado.

¿Qué podemos pensar de estos errores y de otros muchos? ¿Nos contentaremos solamente con gemir sobre la naturaleza humana? Casos hubo en que fue necesario vengarla.

No a todo el mundo le está permitido cometer las mismas faltas.

Primer cuaderno: forro verde con motivos indios

Lunes 18 de diciembre. Descanso de mediodía en el Archivo.

Olor a chicharrones. En un cuarto con ventanas que dan a un pasillo, donde ojeo fichas de identificación, oigo que una archivista, al percibir el olor, dice a una colega:

«Huele a coche frito, ¿mataron a tu marido?»

Aunque algunas de las chicas me parezcan muy atractivas, por el momento no estaría dispuesto a cambiar de círculo, por así decirlo, por una de ellas; pienso en el caso inverso de L. A. y su ex compañero ¿o braguetero?

Un poco aburrido, un poco atemorizado. Disgustado (aunque también muy entretenido) por algunos pasajes del *Borges* de Bioy, que leo durante las pausas. Por otra parte, resentimiento hacia B+, que ha propuesto otro rompimiento. No deja de hacerme falta. Sin embargo, al pensar en ella me digo: «Mejor así».

Martes a mediodía.

Acaban de sacarme del cuarto del antiguo hospital, un cuarto fresco aunque un poco húmedo, donde trabajaba. Han contratado a un puñado de archivistas más, para acelerar el proceso de catalogación, y ahora mueven mesas de trabajo de un lado para otro para instalarlos. Me trasladan a una de las galeras nuevas, de techo bajo de lámina, donde hace mucho calor. Si no viniera aquí por mi propia iniciativa, pensaría en protestar; tengo la impresión de que se trata de una especie de castigo —no hay nadie más en esta galera, supongo que por el calor. Con los guantes de látex reglamentarios, las manos me sudan excesivamente. La «unidad canina», que contiene una cincuentena de perros de distintas razas, está directamente al lado, y los constantes y a veces furiosos ladridos no son propicios para la concentración. Más allá de las perreras, en un terreno baldío, están los montones de chatarra. Durante uno de los intervalos (mientras archivistas y policías juegan amistosamente al fútbol) examino los restos de automóviles acumulados ahí a lo largo de medio siglo. Un Renault partido por la mitad me llama la atención; y el fuselaje de una avioneta Cesna —que supongo que cayó dentro del perímetro de la ciudad. El viento levanta un pequeño remolino de polvo color crema.

Una alarma contra robo suena en alguna parte.

Miércoles.

Luis Galíndez, uno de los archivistas, unos años mayor que yo, un hombre de aspecto cansado y pelo lacio gris, con quien he hecho cierta amistad, se me acercó a la hora del descanso para entregarme subrepticiamente un sobre de manila que —me dice— contiene una larga lista elaborada por la Policía Militar guatemalteca en los años ochenta y noventa, con fotos, información y datos personales de individuos desaparecidos (o por desaparecer) por motivos políticos. La lista, proveniente de un archivo militar secreto, fue filtrada hace más o menos un año (puede leerse en un sitio de internet), pero Galíndez me pide que no diga cómo la obtuve. Luego cuenta que el mes que viene darán para los trabajadores del Archivo un cursillo sobre «Violencia, Poder y Política» en Ciudad Vieja. Al parecer, si lo deseo, podría participar. Hago las gestiones necesarias, me inscribo.

Lunes. Ocho de la mañana. Ciudad Vieja.

El doctor Gustavo Novales, quien da el cursillo, comienza explicando por qué decidió estudiar la «sociología de la violencia». En el año setenta y tantos se salvó, por muy poco, de ser secuestrado y torturado a causa de sus «actividades subversivas». En esa ocasión, sus padres fueron capturados y muertos en tortura, lo mismo que un vecino suyo, que se parecía vagamente al doctor, con quien lo confundieron. Exiliado en México, comenzó a estudiar esta materia —nos dice— para «sacar algún partido de sus experiencias como víctima de la violencia de Estado», y para racionalizar los hechos ocurridos a él y a su familia.

El doctor Novales viste elegantemente a la inglesa (debajo de un abrigo corto, saco de *tweed,* corbata sobria) y expone sus puntos de manera clara y con tono apacible, pero en determinados momentos puede verse en sus ojos como un brillo de dogmatismo domesticado. Divide el terrorismo de Estado en dos vertientes, el terrorismo estatal propiamente dicho y la violencia revolucionaria, que es su corolario. Acerca de las causas generales de la violencia, dice que hay una constante «desde los albores de la humanidad» —la lucha del *Homo sapiens* versus el neandertal, por ejemplo, que termina con la derrota del neandertal y su extinción.

«Sólo el ser humano puede ser violento. La depredación de las fieras no implica violencia», dice.

Dicta los siguientes axiomas:

–Todo acto de violencia es un acto de poder.

–No todo acto de poder es un acto de violencia.

–La violencia implica el uso de la fuerza física.

–No es necesaria la fuerza en todos los casos; la amenaza puede bastar, como las «pintas» de una mano blanca en los años sesenta y setenta en Guatemala en las casas de los supuestos comunistas.*

–Un Estado débil necesita ejercer el terror.

Por la tarde.

Entre los ejemplos de la violencia como acto de resistencia, el doctor menciona:

–El motín: acto de violencia colectiva (que puede terminar en linchamiento) contra la encarnación del poder o la autoridad más próxima. «Es un movimiento espontáneo, emocional, no premeditado, causado por un sentimiento de agravio transformado en ira.»

–La sublevación: no es efímera ni espontánea. Puede generar una «situación revolucionaria» (o sea, en la que «los de abajo» ya no pueden tolerar sus condiciones de vida y los grupos dominantes ya no pueden gobernar).

–La revolución: sublevación generalizada que lleva a un desplazamiento del poder en una nación o en zonas geográficas decisivas.

Aclara que el concepto de revolución es cambiante. Hoy, las revoluciones tienden a no ser ni vio-

---

* Mano Blanca era el nombre de una organización vinculada con el ejército y dedicada al exterminio de comunistas y sus simpatizantes.

lentas ni abruptas. Ejemplos: las de Venezuela, Bolivia y Ecuador.

Martes. Ocho de la mañana.

Casos:

–Dictadura brasileña: 185 desaparecidos por terror de Estado en veinte años.

–Dictadura argentina: 30.000 desaparecidos en diez años.

–Dictadura guatemalteca: 45.000 desaparecidos (y 150.000 ejecuciones) en treinta y seis años.

El ejército guatemalteco —según informes como el REMHI* y el de la CEH**— fue responsable de aproximadamente el noventa y cinco por ciento de las muertes y desapariciones forzadas; la guerrilla, de menos de un cinco por ciento.

Después de 1966, en Guatemala no se registran más presos políticos; comienza la era de las desapariciones forzadas, cárceles clandestinas y ejecuciones extrajudiciales.

Tardíamente los prisioneros políticos eran dotados de máquinas de escribir para que «rindieran informes» (delaciones). Posibilidades: invención y ganancia de tiempo.

Medidas impuestas por la insurgencia a sus miembros en casos de captura:

–Resistir un tiempo prudencial para permitir desarmar estructuras (y rearmarlas de manera diferente).

---

* «Recuperación de la Memoria Histórica», informe hecho por la Iglesia católica.

** Comisión para el Esclarecimiento Histórico, encargado por las Naciones Unidas.

–No volver a establecer contacto con ningún cuadro en caso de fuga o liberación, so pena de muerte.

El doctor cita el conocido caso de unas jóvenes guerrilleras que fueron capturadas y luego usadas como «servidoras sexuales» por agentes del Estado durante varios meses. Después de una fuga un tanto dudosa, se exiliaron en Nicaragua, donde restablecieron contacto con ex compañeros de la guerrilla. Se las juzgó por traidoras («desde la subversión»), fueron encontradas culpables y ejecutadas.

Por la tarde.

Ricardo Ramírez y el «Documento de Marzo» de 1967, en el que se decide cambiar el «escenario de combate», y a partir del cual se intenta incluir a la población indígena —que antes se había mantenido al margen— en la lucha armada. «Hay que localizar la acción lejos de la influencia del Gobierno y cerca de las comunidades indígenas.» La estrategia anterior, que había fracasado, fue la de una guerrilla urbana con focos guerrilleros en zonas despobladas o habitadas por «no indígenas».

Miércoles. Ocho de la mañana.

Durante una sesión dedicada a las preguntas, cometí el error de hacer la siguiente:

Dado el hecho de que la base de la pirámide social guatemalteca son los indígenas, podía justificarse una lucha revolucionaria en su favor; pero como la mayor parte de los campesinos mayas son analfabetos, puede deducirse que no compartían la ideología marxista de los líderes revolucionarios. A la hora de tomar la decisión de cambiar «el escenario de combate» —después de la experiencia vietnamita y conociendo la nueva estrategia contrainsurgente de «quitar el agua al pez»— era natural pensar en el posible riesgo de una reacción del Gobierno que decidiera el exterminio de amplios sectores de la población indígena. ¿Fue esto —el hecho de poner en peligro de exterminio a ese sector particular de la población— objeto de debate?

La respuesta fue no, esto no había sido objeto de debate. Después de pronunciarla con disgusto, el doctor Novales calificó mi pregunta de «sumamente antipática». Otro de los cursillistas agregó que mi pregunta le parecía paternalista, que él había conocido a algunos indígenas que sí quisieron pelear.

Por la tarde.

No sé si como desquite indirecto, el doctor habla en tono de confidencia de una «amiga burguesa» que, a finales de los setenta, renunció a su puesto en la junta directiva de una empresa familiar «porque en una de las sesiones se planeó el asesinato de un líder sindical». Creo que sé de quién se trata. Puedo pensar en tres de mis amigas (una de ellas desapareció) que fueron parte de juntas directivas de empresas poderosas, y que, por sus tendencias a la izquierda, se vieron involucradas en algún movimiento revolucionario y terminaron exiliándose durante algunos años. Se me ocurren dos cosas. Primero: aunque es probable —como se ha probado en más de un caso— que algunos de los directores de las grandes empresas que se sintieron amenazadas por el movimiento sindical en esa época planearan y llevaran a cabo asesinatos de sindicalistas, no es fácil creer que discutieran estos asesinatos en sesiones generales. Segundo: si se trata de la amiga que creo, me parece normal que renunciara a su puesto en la junta directiva, pero ¿no debió renunciar también a la empresa, o a las acciones de una empresa claramente criminal? ¿No debió al menos optar por vender esas acciones? Que yo sepa, no lo ha hecho.

Jueves 18 de enero. Cumpleaños de B+.

Hoy retomo los apuntes después de varios días de apatía.

He terminado de revisar las fichas del Gabinete de Identificación. Pido ver listas de ejecuciones oficiales, listas de soplones... Por alguna razón, no puedo acceder a esos documentos «todavía». Me trasladan de nuevo al hospital, a un salón en el segundo piso, donde hay media docena de archivistas que se dedican a desempolvar actas y otros documentos antes de que sean digitalizados. Mientras trabajan, escuchan boleros.

Aquí (Área 2, Local 2, Ambiente 3, pared B) está la antigua Biblioteca de la Policía. La ojeo; pido ver tres o cuatro volúmenes de la colección de *Memorias de Labores de la Policía Nacional.*

Sandra Gil, una archivista mayor con aspecto de maestra severa que acaba de entregarme los volúmenes, mastica chicle ruidosamente. Una colega comenta sin dirigirse a nadie en particular:

—Habemos los que pensamos, y los que comen chicle.

La otra responde:

—Ah, Señor, ilumínalos, o elimínalos.

De la *Memoria de Labores* de 1938, capítulo XXVI: «Se ha dicho que nuestro cuerpo es una cierta cantidad de aire comprimido que vive en el aire. ¿No podría decirse que el alma es un fragmento de sociedad encarnada que vive en sociedad?... El delincuente sería, entonces, un microbio social». Profesor G. Tarde, criminólogo.

En el capítulo XXXI, encuentro un «Informe de la sección del Gabinete de Identificación», a cargo del bachiller Benedicto Tun, «cuyo concurso para la investigación de los hechos delictuosos ha sido de inestimable utilidad en las pesquisas más importantes llevadas a cabo por la Policía...».

Por la tarde.

Almuerzo con B+ en un restaurante de moda. Comida mediocre. Luego, en mi apartamento, prolongada sesión amatoria extraordinariamente intensa y placentera —en mi caso al menos.

¿Es posible saber si lo fue en igual medida para ambos? No lo creo.

Siesta muy breve.

Hojas adjuntas al primer cuaderno

Sigo ojeando las *Memorias de Labores,* mientras espero a que me dejen ver documentos más interesantes.

Características personales de los delincuentes aprehendidos durante 1943:

De veintiuno a treinta años: 36%
Solteros: 81%
Varones: 82%
Obreros: 28%
Ladinos: 11%

Suicidios:

De veintiuno a treinta años: 36%
Solteros: 70%
Obreros: 23%
Ladinos: 96%

Encuentro en Google una entrada bajo el nombre de Tun. Según un artículo titulado «El olor de la sangre», de Alfredo Sagastume, Benedicto Tun era también un «auditor sabueso» durante el régimen del dictador Ubico y tenía órdenes de castigar a los tesoreros públicos que tuvieran sobrantes o faltantes. (Evidente error onomástico; en tiempos de Ubico existió un contador público de nombre Aquilino

Tun, creador de un proyecto inicial de ley de impuestos sobre la renta.) Cuenta también Sagastume que Ubico —cuando alguien era denunciado como delincuente— solía usar este lema: «Fusílenlo, más tarde se averiguará».

Expresiones posibles:
Sadismo histórico. Realismo sádico.

Tercera libreta: pasta blanca

Por la noche.

«El sultán no quiso en realidad que Shahrazad le contara cuentos, sin duda él se los contaba a ella», le dijo alguna vez Borges a Bioy. Conmigo ocurre, ahora que me he vuelto asiduo visitante del Archivo, algo similar. Le hablo acerca de eso a B+ en todo momento: mientras cenamos, mientras paseamos o mientras miramos distintas manchas o rajaduras de repello en el techo de mi habitación: le cuento lo que he visto ahí, lo que he leído —fichas y más fichas, rasgos definitorios de una larga serie de vidas oscuras. Es decir: la aburro.

El poder —como dice Borges— actúa siempre siguiendo su propia lógica. La única crítica posible de este poder es quizá la Historia; pero como la Historia se escribe desde el presente, y así *lo incluye,* no es probable que pueda hacerse una crítica imparcial.

Me propongo leer, ojear al menos, autores guatemaltecos «de época» —por ejemplo, de la «Generación del 20», a la que pertenecía Asturias.

5 de febrero, 2007.

Día nublado. Estoy solo en el segundo piso del Archivo —solo con Sandra Gil y la agente de policía que nos vigila. Música de radio: «Lying Eyes». Sandra me entrega un documento de 1961 que no le pedí; dice que puede interesarme: «Registro de la inspectoría del ramo». Le doy una ojeada; nada en absoluto que anotar.

Inesperadamente me pregunto qué clase de Minotauro puede esconderse en un laberinto como éste. Tal vez sea un rasgo de pensamiento hereditario creer que todo laberinto tiene su Minotauro. Si éste no lo tuviera, yo podría caer en la tentación de inventarlo.

Sigo ojeando *Memorias,* cuya edición de 1939 está a cargo del bachiller Tun. Las de ese año contienen, además de los informes policíacos de distintas dependencias: una «Apología policíaca» de Gregorio Marañón y un «Elogio de Fouché» (anónimo —pero intuyo que es del propio Tun).

Por la tarde.

En los volúmenes correspondientes a los años 1937, 1939, 1940, 1941 y 1943 descubrí que las páginas correspondientes a los informes del Gabinete han sido arrancadas. Avisé de esto a Sandra Gil y al archivista de turno que me entregó los volúmenes mutilados.

Martes.

En las *Memorias* de 1944 (publicadas en enero de 1945, durante el Gobierno de la Revolución) leo en el capítulo XXVIII, correspondiente al Gabinete de Identificación: «Este Gabinete estuvo, como en años anteriores, dirigido por el bachiller Tun, quien cooperó con incansable actividad y eficiencia en la investigación de distintos hechos delictuosos».

Y más abajo, esta carta del bachiller:

Guatemala, a 22 de enero de 1945.

Señor Director General de la Guardia Civil, Presente.

Antes de dar los datos concretos, datos que engloban y demuestran la labor del Gabinete de Identificación a mi cargo el año último de 1944, considero del caso exponer, con más razón que nunca ahora que se abre para nuestro país una nueva era orientada sobre todo hacia la implantación de normas democráticas, en qué consiste el trabajo del Gabinete de Identificación dentro del engranaje policial.

Dos son los campos amplios que se ofrecen al trabajo del Gabinete de Identificación. El primero es el material humano que ingresa día tras día en los Cuarteles de la Policía por delitos o faltas graves, y que hay necesidad de identificar por medio de la ficha, la cual constituye, por así decirlo, la primera página del historial del reo, donde en lo sucesivo figurarán los datos de su reincidencia. El otro ámbito en donde actúa el Gabinete de referencia es el que toca a los laboratorios de la Policía Técnica propiamente, es decir, la pesquisa por los medios científicos hasta hoy conocidos y que se concretan, por una parte, a descubrir al delincuente por las trazas que pueda dejar en el lugar donde opera; por otra, una vez descubierto o capturado, a suministrar las pruebas de su culpa.

Miércoles 7 de febrero, 2007.

Hoy los archivistas del segundo piso oyen música de salsa. Me dan a leer más *Memorias*. Encuentro más mutilaciones (casi siempre en las páginas correspondientes al informe del Gabinete de Identificación, y rara vez en otras secciones).

En las *Memorias* de 1938, un capítulo entero, el XI, dedicado a casos de curanderismo y brujería.

Jueves.

Música pop en español: Arjona, Jarabe de Palo, Juanes, Manu Chao.

Durante el descanso de media mañana, una archivista joven y divertida que me había hablado sobre mis libros en dos o tres ocasiones, se me acerca a decirme que está digitalizando una serie de «radiogramas de acción» —copias estenográficas de comunicaciones entre centros de operaciones policiales y radiopatrullas— con fecha de 1970. Con disimulo me muestra uno, que copio enseguida.

Guatemala, 4/7/70

Es posible que como consecuencia de las denuncias que ha hecho en Escuintla Pedro Matus la policía hiciera un cateo en una casa aledaña a Escuintla. Hubo resistencia de los que en ella estaban, los cuales, en número de seis, protegidos por sus armas se fueron al monte. En la casa la Policía sólo encontró a un joven como de 19 a 22 años, alto, rubio, al que apresaron sin que opusiera resistencia. En el camino de inmediaciones de San Andrés Villa Seca, indicó que de él no sacarían nada, y que para abreviarse trabajo que mejor lo mataran, lo cual llevó a cabo el policía "especial" Prudencio Aguirre, disparándole un tiro entre los ojos. Esto lo presenció el Coronel Carlos Sandoval, Jefe de la Policía Nacional de Escuintla, quien terminó de rematarlo con 14 impactos de carabina calibre 30.

El cadáver lo dejaron escondido en la maleza.

Aguirre ha sido guardaespaldas de varios líderes «anticomunistas».

A la vuelta del descanso, pregunto a Sandra si podría ver esos documentos una vez hayan sido catalogados.

Comienzo a aburrirme de ojear *Memorias;* husmeo por la biblioteca, pierdo el tiempo, mientras obtengo permiso para ver los documentos que he solicitado, y en especial los radiogramas.

Documento 1415 (solicitado al azar):
Claves telegráficas de la Policía Nacional
Órdenes:
RABUA: requiero de usted inmediata captura y segura remisión de...
RAFUD: por no arrojar mérito diligencias instruidas queda sin efecto orden de captura contra...
ROGUE: informe usted antecedentes penales de...

Delitos:
DABUB: procesado por homicidio
DAFUF: por amenazas
DEHOH: por estafa
DEGOG: por rapto
DIBIB: asesinato frustrado
DOXEX: infanticidio

Generales:
GADRO: ladrón conocido
GECHE: pelo negro crespo
GISBI: viste bien

GISMA: viste mal
GISET: oficio de su sexo
GULGA: cuerpo delgado
KABAB: proceda activamente a su captura
KIFUZ: malhechor fue capturado
VERAP: llegará sustituto
VIVAR: proceda mañana sin falta
VOMIF: hoy salió hacia...
VUMAG: hoy zarpó hacia...
ZAHOH: por padecer enfermedad venérea
ZAJUN: sáquele del país por donde entró
ZAGAB: no molesta usted
ZEGUC: observe de cerca
ZUVIV: no es posible acceder a lo solicitado por usted.

Descanso de mediodía.

Mientras almuerzo en El Altuna con Lucía Morán, recibo una llamada del jefe.

—¿Dónde estás? —pregunta.

—Almorzando.

—¿Estás dentro, o fuera (del Archivo)?

—Fuera, pero cerca —le digo.

—Muy bien. Lo que quiero decirte tendría que decírtelo personalmente, pero salgo de viaje mañana y no vuelvo hasta dentro de diez días. Surgió un problema. Es necesario que suspendás tus visitas. No regresés al Archivo, por favor —me dice.

—De acuerdo. Espero que no sea nada grave.

—Te llamaré al volver —se despide.

Cuelgo y, por la ventana, veo a un trío de colegialas de uniforme que, al salir del instituto que está enfrente, convierten sus faldas de tela a cuadros (dos o tres vueltas hacia adentro en la cintura) en minifaldas bastante provocativas.

—¿Qué pasó? —pregunta Lucía.

Dejo de mirar por la ventana. Pienso fugazmente que tal vez sea una suerte no tener que regresar al Archivo.

—Acaban de suspenderme —le digo.

—¿Por qué?

—Dentro de diez, once días tal vez, me enteraré.

No he dejado de preguntarme cuál será la razón de mi suspenso. ¿Tendrá que ver con las páginas arrancadas de las *Memorias de Labores;* o con mi solicitud de ver los radiogramas de acción; o tal vez, más remotamente, con la pregunta «antipática» que hice al doctor Novales durante el cursillo en Ciudad Vieja? En cualquier caso, mi interés en el Archivo como objeto novelable, que comenzaba a declinar, despertó de nuevo a raíz de esta llamada.

Segundo cuaderno: El Quijote

Así es el espíritu o el corazón humano, que donde encuentra más resistencia tiende a poner más empeño.

Viernes.

Primera visita al Archivo General de Centroamérica (cuyas largas y grises paredes exteriores están impregnadas del olor a orines de innumerables ciudadanos incontinentes) en busca de más *Memorias de Labores de la Policía Nacional,* mientras dura «el suspenso».

Yo: visitante número 13.

Me encuentro con una curiosa coincidencia: en el viejo y rústico fichero de la biblioteca del Archivo General no aparecen las *Memorias de Labores* correspondientes a los años que me interesaban: 1937, 1939, 1940, 1941, 1943, en los que faltaban los capítulos relativos al Gabinete de Identificación.

Solicité ver *Memorias* de otros años, y la encargada me sirvió dos cajas enteras con las de los decenios 1930-1950. Y ahí encontré los volúmenes que buscaba —que no constaban en las fichas, y en los que las páginas correspondientes al Gabinete de Identificación no habían sido mutiladas. Pedí que me hicieran fotocopias de las páginas faltantes en el Archivo de la Policía, aun antes de leer su contenido.

Segunda visita. Lunes.

Mientras espero que la bibliotecaria me entregue más volúmenes, hojeo un número de la *Gaceta de la Policía* del 15 de octubre de 1944 (a cinco días de la Revolución Guatemalteca). Me llama la atención una foto hecha por un corresponsal francés. Un soldado abatido, atado de manos a un poste —ha sido fusilado por traición. Otro, el brazo alargado, revólver en mano, aparece inclinado junto a él. («Tiro de gracia en Grenoble, Francia», se lee al pie.)

Al volver la página: «Louis Renault, el fabricante de automóviles, detenido en la prisión de Fresnes, acusado de negociar con los nazis».

Martes.

Visito la Biblioteca del Congreso. En la calle, por la acera, donde van y vienen diputados con el aspecto físico de campesinos guatemaltecos pero vestidos con trajes formales de tres piezas, anteojos de sol de marca, y acompañados de hombres parecidos a ellos, guardaespaldas que tienen algo de vaqueros, se siente aquí y allá, entremezclado con el olor a diésel de las camionetas, un fuerte olor a perfume caro, o tal vez de imitación.

La Biblioteca del Congreso es un sitio agradable, fresco y callado. Me dicen que no tienen *Memorias* de la policía, que la biblioteca fue destruida por el fuego hace unos veinte años y que pocos volúmenes sobrevivieron a las llamas. Me dejan consultar catálogos. Pido varios libros.

De *Justo Rufino Barrios ante la posteridad* (A. Díaz):

Nombres de delincuentes y bandas conocidas en la nueva Guatemala a finales del siglo XIX —cuando se fundó la Policía Nacional (1881):

Los Chicharrones
Los Contingencia
El Mancito
Los Marimberos

Los Roldán

El Tucurú (Ricardo Rodríguez), «el primer reo fusilado en la Nueva Ciudad de Guatemala».

Otros «casos célebres»:

El misterio irresuelto del chino Mariano Ching, degollado y emasculado en su cama (1935).

El caso de la mujer decapitada (1945).

José María Miculax Bux, confeso violador y estrangulador de doce «niños blancos» de entre diez y dieciséis años. Originario de San Andrés, Patzicía, cometió sus crímenes en los alrededores de Antigua y la Nueva Ciudad de Guatemala. Fue sobreviviente de la matanza de Patzicía, poco después del levantamiento kakchiquel por problemas de tierras, para cuya represión el Gobierno envió en 1944 una expedición punitiva que terminó con la vida de unos mil indígenas —entre ellos, aparentemente, los padres y hermanos del joven Miculax. Fusilado en 1946 a los veintiún años de edad. Su cráneo se conserva todavía como objeto de estudio (¿lombrosiano?) en la facultad de Criminología de la Universidad San Carlos.

Sábado. Lago de Atitlán. Noche.

Por la mañana, antes de ir a recoger a Pía a casa de su madre, le pedí a B+ que llamara al número que encontré en la guía telefónica bajo el nombre de Benedicto Tun, posible descendiente del director del Gabinete. La llamo ahora desde el hotel, para ver si tiene noticias. El Benedicto Tun de la guía es hijo del otro, que fue jefe del Gabinete de Identificación. B+ sostuvo una conversación bastante larga con él, me cuenta. Por instrucciones mías, le dijo que está haciendo una tesis universitaria sobre la historia de la Policía Nacional. En principio, Tun está dispuesto a hablar sobre su padre. B+ me dice que se mostró un poco molesto con el Estado por el trato que dieron a su padre en el momento de su retiro. Cuando pidió su jubilación, en 1964, le asignaron una pensión de ciento veinte quetzales al mes, que ya entonces eran muy poca cosa. Pero esa pensión no la cobró entonces, porque siguió trabajando. En 1970 sufrió un traumatismo cerebral, por lo que renunció a su empleo, y le aumentaron un poco la pensión en base a un decreto ley del Gobierno militar de Peralta Azurdia. Entonces el Gabinete fue objeto de algunas modificaciones; las secciones de criminología, balística y grafología fueron separadas, y en unos años el nombre de Benedicto Tun cayó en el olvido. El hijo le contó también a B+ que conserva algunos documentos oficiales, rescatados de las varias incursiones y cateos que la policía hizo en su casa después de la muerte del padre.

Después de unos meses de trabajar en el Archivo, cada vez que hablo por teléfono (sobre todo por celular) pienso que puedo ser escuchado; algo que dijo el jefe el otro día acerca de que no era conveniente discutir mi suspenso por teléfono refuerza mi recelo. Así, le digo a B+ que mejor sigamos hablando sobre esto cuando regrese a la capital.

Pía, que ha estado jugando con sus pinturas mientras yo conversaba, me pregunta:

—¿Quién era?

Le digo:

—Beatriz —que es también el nombre de su madrina—. Pero no *tu* Beatriz.

—¿Por qué se llama Beatriz?

Me reí.

—¿Cuántos años tiene?

—Como cuarenta.

—¡Cuarenta! —exclamó Pía; siguió jugando y dejó de preguntar.

Martes.

Llamo a Benedicto Tun desde un teléfono público. Su voz es la de un hombre de sesenta años, tal vez un poco más. Es abogado criminalista, y sí, está dispuesto a hablar conmigo acerca de su padre; su voz parece alegrarse al hablar del viejo. «En un momento, hacia 1961 o 1962, pensamos en poner juntos un laboratorio de investigación privado. Yo quería que dejara el Gabinete, pero él fue aplazando y aplazando su retiro. Por fin, cuando hizo efectiva su jubilación, a los setenta y cuatro años, instalamos el laboratorio. Murió diez años más tarde.» Vuelve a mencionar la pensión que recibió su padre al jubilarse, la falta de reconocimiento por parte del Gobierno y la Policía Nacional a su trabajo y trayectoria.

—Así se ha portado el Estado con hombres como él. Yo quedé un poco dolido, no le miento —me dice.

Le digo que me parece natural.

—Tengo algunas cosas, pero en jirones —sigue diciendo—, de lo que fue dejando escrito, aparte de lo que escribió para las *Memorias de Labores.* Creo que hasta había comenzado a escribir sus memorias personales, pero de eso hay muy poco, porque tuvo el accidente.

Me pide un número al cual llamarme cuando encuentre esos papeles.

—Aunque no sé si sirvan para eso que dice usted que está escribiendo —agrega.

Le explico que querría hacer una historia de la policía guatemalteca del siglo xx, y que se me ocurre que la biografía de su padre podría servir de hilo conductor.

Quedamos en hablar de nuevo un poco más adelante para concertar una entrevista.

Lunes 26 de febrero.

En primera plana de los diarios de hoy aparece la noticia de la muerte de cuatro policías de alto rango. Los policías habían sido encarcelados dos o tres días antes, acusados con pruebas «fehacientes» de ser los culpables del brutal asesinato de tres diputados salvadoreños y su chofer a unos treinta kilómetros de la ciudad de Guatemala el 19 de febrero de este año.

El jefe del Proyecto de Recuperación del Archivo, que regresó de viaje hace unos días, me había dado cita en las oficinas de la Procuraduría para hablar acerca de mi suspensión. Antes de salir de mi casa, lo llamo para confirmar la cita.

—Tuve un clavo, viejo —me dice—. Ayer se mató en un accidente un amigo de mis hijos. Se estrellaron en la carretera de Totonicapán. Murieron todos los que iban en el carro. Una tragedia. Estoy en el cementerio.

Me da otra cita para mañana a las tres.

Martes.

Oficinas de la Procuraduría. Son casi las cuatro de la tarde, y sigo esperando al jefe. Una de sus asistentes acaba de decirme que está en camino, pero hay un embotellamiento de tránsito. Mientras espero, leo la prensa y tomo notas.

«Banda de policías sospechosos del crimen de diputados salvadoreños tendría al menos doce integrantes.»

«19 de febrero: encuentran cuerpos quemados y automóvil de diputados salvadoreños para el Parlamento Centroamericano y su chofer. Tres días más tarde, capturan a cuatro agentes de la Dirección de Investigaciones Criminales por el asesinato de los diputados salvadoreños; son enviados por orden de un juez al preventivo de la zona 18; ese mismo día son trasladados a la prisión de alta seguridad El Boquerón (Santa Rosa), donde existen celdas individuales. Sin embargo, los cuatro agentes son recluidos en la misma celda. Dos días después, los cuatro policías son misteriosamente ejecutados en su celda.»

Veo el reloj de pared, decido esperar quince minutos más. Sin embargo, pasan los quince minutos y no me levanto. Tengo que obtener una explicación acerca de mi suspensión, me digo a mí mismo. Espero hasta las cinco. El jefe no llega.

Miércoles.

Hace dos días —leo en los periódicos de hoy— se produjo un vasto hundimiento de tierra en la zona 6, donde se encuentra el Archivo. «Tres personas por lo menos fueron tragadas por la tierra y unas trescientas tuvieron que desalojar sus viviendas. En las últimas horas, más vecinos tuvieron que abandonar sus casas al oír que el suelo retumbaba.»

Aparentemente «el hoyo de San Antonio», una especie de cenote que tiene un diámetro de cincuenta metros por sesenta de profundidad, pone en peligro no sólo las casas circundantes, sino también las instalaciones del Archivo, que está a sólo ciento ochenta y cinco metros. Ayer —dice la prensa— los directores del Proyecto de Recuperación del Archivo discutían la inminente movilización de los documentos para ponerlos a salvo.

En parte eso explica que el jefe no acudiera a nuestra última cita. Decido ser paciente.

Mediodía. Biblioteca de la Universidad Francisco Marroquín. Nada sobre la historia de la policía.

Hojeo textos al azar.

Cesare Beccaria:

En política, no siempre cosecha el que sembró.

Los legisladores deberían ser directores de la felicidad pública. Deberían; o sea, no lo son.

Toda pena que no se deriva de la absoluta necesidad es tiránica.

Cualquier hombre es en cierto momento el centro de todas las combinaciones del globo.

Tarde.

En la compilación de ensayos *Historia intelectual de Guatemala* (Marta Casaús Arzú, 2001), que me prestó un joven archivista, leo:

Roger de Lyss, *Tiempos nuevos*, Guatemala, 1924:

El indio no puede ser ciudadano. Mientras el indio sea ciudadano, los guatemaltecos no seremos libres. Ellos, los infelices, han nacido esclavos, lo traen en la sangre, es la herencia de siglos, el maldito sino que les hizo cumplir el conquistador.

Benedicto Tun, que era hijo de padre y madre indígenas, creó el Gabinete de Identificación en 1922.

Jueves.

El jefe volvió a darme cita en la sede de la Procuraduría de los Derechos Humanos. De nuevo, falta a la cita. Le hablo por teléfono, le digo que antes que nada quisiera conocer el motivo de mi suspenso. Me dice que no puede entrar en detalles por teléfono, pero que el día que me suspendieron hubo una reunión general, y «alguien» contó que yo solicité ver una caja con radiogramas de acción del decenio de 1970. El que este hallazgo me fuera revelado tan pronto (el día en que se produjo) violaba, al parecer, algún reglamento de confidencialidad. El jefe dice que no puede explicarme nada más por teléfono, pero que no me preocupe, que es sólo un malentendido, que podré volver al Archivo. Nos damos otra cita para la semana que viene.

Viernes.

Vuelvo a visitar el Archivo General de Centroamérica. Ojeo más *Memorias de Labores de la Policía Nacional,* pido fotocopias, que no me entregarán hasta el lunes. Pido también una tesis universitaria sobre la policía, que también me dejarán leer el lunes.

De la prensa:

«Hoy se entregó voluntariamente a las autoridades otro de los agentes buscados por el asesinato de los diputados salvadoreños».

Tarde. Biblioteca de la Universidad Francisco Marroquín.

Voltaire: *La necesidad de hablar, la dificultad de no tener nada que decir, y el deseo de tener ingenio son tres cosas capaces de poner en ridículo al hombre más grande.*

Sábado.

El teléfono empezó a sonar a eso de las dos de la mañana. Me levanté a contestar, pero no había nadie en la línea. Esto se repitió por lo menos cinco veces. Pensé que se trataba de un error, tal vez la programación equivocada de algún servicio de llamadas-despertador.

Eso aparte, un sábado tranquilo. Almorzamos Pía y yo en casa de mis padres. Pasamos la tarde en casa de María Marta, la segunda de mis hermanas; traté de leer un poco mientras Pía veía una película *(Niñera a prueba de balas).* Pedimos pizza a domicilio.

«Todo texto es ambiguo», digo en voz alta, semidormido. Lo creo.

Lunes.

Llamada telefónica de Oaxaca, México. Me invitan a una mesa redonda de «escritores internacionales». Entre ellos, mi amigo Homero Jaramillo.

Benedicto Tun no ha llamado, como dijo que lo haría cuando hubiera puesto en orden los papeles de su padre que me quería enseñar.

Leo «Observaciones acerca del estilo sublime» de Zagajewski, el escritor polaco que me recomendó hace unos días Homero por correo electrónico. Me parece bien, pero no llega a convencerme, como diría el doctor Aguado. Es cierto que no conozco a muchos de los autores que cita, y eso empobrece mi lectura.

La pregunta que creo que debo hacerme acerca de Tun y su trabajo en la Policía Nacional es ésta: en un medio así, pudo ser un hombre decente, o más aún: un hombre *ejemplar.*

Es preciso —dice Pascal— *que nos expliquemos las pasmosas contradicciones que se conjugan en nosotros.*

Voltaire: *No hay contradicciones en nosotros, ni en la naturaleza en general. Lo que hay por todas partes son contrariedades.*

Se me ocurre ir a Opus Magnum, la sastrería, con el pretexto de hacerme un traje. Me gustaría hablar con el dueño, un ex compañero del colegio, y hermano de uno de los policías cuyo nombre ha estado últimamente en los periódicos en conexión con el crimen que la gente llama «del chicharrón salvadoreño», y que, a raíz de esto, acaba de dimitir.

Jaime Gonzales, el hermano policía de mi sastre, se graduó como médico en 1989 y ejerció en el Hospital de la Policía entre 1991 y 1997. Según algunos reporteros y columnistas, siempre tuvo reputación de violento. Me gustaría preguntarle al sastre qué opina de este rumor. Y si sabe por qué su hermano decidió convertirse en policía.

Consolémonos por ignorar las relaciones que pueden existir entre una araña y un anillo de Saturno, y sigamos examinando lo que está a nuestro alcance. Voltaire.

¿Quién fue el contemporáneo de Asturias que sostenía que para pensar en un proyecto de nación válido para Guatemala era necesario permitir que los indígenas se convirtieran en ciudadanos plenos, no privados de sus derechos como vivían entonces —y en muchos casos todavía hoy? No logro recordarlo, y sin embargo existió, ese contemporáneo, escritor o historiador *injustamente olvidado.* Es de los pocos que yo haya leído que no se deja seducir por la idea de una «nación eugenésica» y el absurdo proyecto de «importar sangre europea para mejorar la raza» que propugnaba Miguel Ángel Asturias.

Correo electrónico de Homero Jaramillo, que me pide una carta de recomendación para un programa de asilo en Canadá. Adjunta esto:

Caso H. Jaramillo, writer and journalist.

Date of threat: November 2005.

Nature of threat: Two midnight phone calls to my parent's house, where I used to live, saying that I was going to be killed because of what I wrote in my book Profiles of the Underground *published a few days before the threats.*

Identity of persons carrying out threat: Anonymous. They did not identify themselves.

Escribo esta carta, más bien, la reciclo, porque ya he usado el texto en otra ocasión:

Dear Sirs at Canadian Cities of Asylum,

this letter is to attest that I am aware that Mr Jaramillo has been the object of death threats in his country. I am also aware that his very critical views on the political state of affairs in Honduras has made him enemies on all sides, a situation which would make it very difficult to work in his field at the present moment in Central America. As you may know, in places like Honduras, El Salvador or Guatemala, where Mr Jaramillo has worked in the past, the practice of silen-

cing enemies —political or other— by death threats or, in many cases, by death, has become again commonplace.

Lunes a mediodía.

Acaba de llamarme el jefe para, una vez más, posponer nuestra reunión. Me asegura, sin embargo, que su interés se mantiene, lo mismo que su expectativa acerca del trabajo que podríamos hacer. Me dice que llamará más tarde para que acordemos otra cita.

Llamo de nuevo y por fin encuentro a Tun. Me explica que el número que marqué hace unos días es el de su despacho, pero la llamada ha sido desviada a su celular; está en la calle y no puede hablar. Me pide que lo llame más tarde, a eso de las seis. Quedo en llamarlo mañana a las nueve.

Después de almuerzo voy al Archivo General a recoger las fotocopias, que están listas; no así la tesis —me piden que regrese por ella mañana, martes.

Hoy en primera plana: «Abandona el país alto jefe de la policía». Se trata de Jaime Gonzales, el ex javierino. Salió con su esposa e hijos en un vuelo hacia Costa Rica. La «nota breve» de *Prensa Libre* dice: «¿Quién es Jaime Gonzales? Profesión: Médico y cirujano. Llegó a la Policía Nacional Civil en el 2005 como subdirector de salud. Tres meses después fue nombrado subdirector general, a cargo de la División de Investigaciones Criminológicas. Era jefe de Víctor Soto, uno de los agentes ejecutados en El Boquerón.

»Pasajeros del vuelo TACA 911 con destino a Costa Rica describieron a Gonzales sin barba y sin el bigote que solía llevar y que sin duda se quitó para pasar desapercibido. Relataron además que, al ingresar en la puerta de abordaje, el ex funcionario llevaba en brazos a un bebé de pocos meses. Le seguían su esposa y sus otros hijos, de nueve y cuatro años. Gonzales y su familia fueron recogidos en San José por un servicio privado de turismo (aunque no tenían reservas en el vuelo de TACA que tomaron) y no dijeron adónde se dirigían. Respecto a si salió de Guatemala por temor, el ex jefe policial negó con la cabeza y siguió caminando. Las agrupaciones projusticia, desde luego, lamentaron que el ex funcionario saliera del país antes de aclarar la participación del grupo policial bajo su cargo en el crimen de los salvadoreños quemados. Expresaron también su sorpresa de que ningún juez con autoridad hubiera emitido orden de arraigo para Gonzales en medio del actual escándalo».

Por la noche.

Con cierto aburrimiento al principio y luego con sorpresa, leo un correo electrónico de Tracy Veal, a quien no he visto en varios años, y que ahora vive en Nueva York. Contiene enlaces de internet para dos artículos de prensa; uno sobre los recientes sucesos policíacos que han puesto de nuevo a Guatemala en las páginas del *New York Times,* otro de *The Guardian Weekly* sobre el Archivo.

The Guardian: *«The Archive sits in a former police base in Guatemala City, ringed by razor wire and 24-hour armed guard. We were allowed access on condition we did not identify any of the 100 investigators working here... The person in overall charge of the Procurator's inquiry says there is psychological pressure on these workers, who know their lives may be at risk due to the political sensitivity of their work. He has received numerous death threats.*

"There are some extremely unhappy people in the higher echelons of government and the army —he says—. And people still go missing here in Guatemala"».

Imagino que los *unhappy people* a que se refiere el artículo estarán deseando que el hoyo de San Antonio se trague el Archivo de cualquier manera.

Cuarta libreta: franjas rojas y azules sobre fondo blanco

Noche.

Ligeramente decepcionado: Benedicto no me llamó, ni tampoco el jefe.

Regreso al Archivo General de Centroamérica. Me entregan la tesis: *Historia de la Policía Nacional de Guatemala, 1881-1997* (Universidad de San Carlos, 2004) de un tal José Adolfo C. Cruz. Esto me reanima —antes de comenzar a leer.

Hojeada la tesis, decepción grande. ¿Hecha por un hijo de policía? —es la pregunta que se hace el adormecido lector.

La bibliografía no incluye ninguno de los treinta y tantos volúmenes de *Memorias de Labores de la Policía Nacional,* ni ningún número de la famosa *Gaceta de la Policía.*

De la «Lista de directores de la PN», destaco:

Mario Méndez Montenegro

Antonio Estrada Sanabria (amigo caballista de mi padre).

Miércoles.

Hoy a las siete de la noche, en el Centro de Cultura Hispánica de Cuatro Grados Norte, presentación de mi novelita *Caballeriza.* Pese a que no quiero ir, iré. Esta parte del trabajo, la presentación a la prensa o al público («ese monstruo», como dice W. H. Auden), es para mí la más incómoda y la menos grata; y en el caso de este relato «realista» en primera persona el aspecto incómodo se magnifica.

Tarde por la noche.

«Nadie sabe expresarse enteramente en arte» —alguien lo dijo; agrego yo: *ni en la realidad.*

Acerca de mis palabras durante la presentación (creo que dije que la novelita, escrita hace más de dos años, ya no me parecía nada atrevida —como me lo pareció cuando estaba escribiéndola), el marido de la editora, buena amiga mía, dictaminó: «Mal marketing».

Jueves.

No han llamado ni el jefe ni Tun. Me siento cansado, como vacío, después de la presentación. Exceso de bebida, además. Hoy no parece posible hacer nada felizmente. A la tarde iré a buscar a Pía para que venga a dormir conmigo. Para entonces espero estar de mejor ánimo.

Se me vienen encima —siento— demasiados viajes: mañana por la tarde, a Petén; el 16, a Oaxaca; a Francia a principios de abril.

Domingo. Hotel Villa Maya, Santa Elena, Petén.

Mientras me ducho antes de emprender el camino de regreso a la ciudad de Guatemala, recuerdo la conversación que tuvimos durante la cena después de la presentación de *Caballeriza* en La Casa del Águila. Cenábamos mi hermana mayor, Magalí, activista ecológica tachada de «ecoterrorista» por una serie de columnistas de prensa; un amigo suyo que trabajó como conductor para una organización guerrillera y hoy por hoy hace carrera como asesor de partidos políticos, y su esposa; y Willy Sprighmul, un ex compañero del Liceo Javier que se ha convertido en prominente empresario de la industria y exportación de alimentos congelados. Entre otras cosas, hablamos de mi trabajo (en suspenso) en el Archivo. Magalí y sus amigos estaban al tanto, pero a Willy tuve que explicarle lo que era el Archivo, y qué hacía yo ahí. Antes que nada, Willy expresó asombro.

—Muy bien —dijo después, no sólo a mí sino a la mesa en general—, ¿pero para qué escarbar en el pasado? Es mejor dejar que los muertos descansen, ¿no?

Su razonamiento se parece al de mi padre, y me hace recordar una conversación de sobremesa que tuve hace poco con él. Yo acababa de explicar que mi intención original al solicitar acceso al Archivo había sido investigar los casos de artistas e intelectuales perseguidos, o reclutados, por la policía, pero dado el desorden de los documentos y el tiempo que haría falta para catalogarlos, esto había resultado imposible.

—¿Y entonces? —preguntó mi padre.

—Me han permitido ver otras cosas —expliqué—. Hay una serie de documentos de algo llamado el Gabinete de Identificación, que dirigió durante varias décadas un tal Benedicto Tun...

—¿Y eso te interesa?

—Pues sí, me parece interesante.

—O sea —concluyó mi padre— que tu interés degeneró.

Tuve que reírme, y decirle que en parte tenía razón.

Lunes. Parada en Cobán.

En cierta manera, repasar la historia es ocuparse de los muertos. La historia no la leemos, la releemos siempre —como a los clásicos según Borges—; antes de leerla, tenemos una idea general de lo que va a decirnos.

Como Zagajewski en su «Cracovia intelectual», en el Archivo yo veía un lugar donde las historias de los muertos estaban en el aire como filamentos de un plasma extraño, un lugar donde podían entreverse «espectaculares máquinas de terror», como tramoyas que habían estado ocultas. Los otros investigadores ¿verán algo diferente?, me pregunto.

Esto también es de Zagajewski:

Describir nuevas variedades del mal y del bien —he aquí la magna tarea del escritor— y, ahora sí, me convence, en un ensayo titulado «Contra la poesía».

Describir nuevas variedades... ¿Y si las nuevas variedades llegaran a *obliterar* las viejas ideas del mal y del bien —de lo que pueden ser o llegar a ser en la subjetividad de cada uno, lo uno y lo otro?

Aun el mejor de nosotros —pienso en el «nosotros» más amplio que me es posible— necesita elegir constantemente entre el mal y el bien. Entonces, se hace obvio que las elecciones no son nunca idénticas, ni pueden serlo, entre dos personas distintas, porque sus circunstancias —de tiempo y lugar por lo menos— son necesariamente distintas. Tiempo y lugar —ambos conceptos entendidos en toda su extensión; es decir: en su tendencia al infinito.

La poesía, aquel pequeño grano de éxtasis que cambia el sabor del Universo, escribe Zagajewski.

Por la mañana.

Sobre mi mesa de lectura —una mesa baja de factura kakchiquel— tengo una serie de fotocopias de las *Memorias de Labores de la Policía* hechas en el Archivo General de Centroamérica. Veo tres fotografías de «la que en vida fuera Ángela Fuentes» y de sus restos. En la nota al pie de la primera foto se lee: «El macabro torso al ser examinado por el médico forense en el Anfiteatro Anatómico». (El título del artículo, que viene de la página anterior, es: «El monstruoso crimen de las Majadas o de La mujer decapitada».) Al pie de otra foto, que muestra el cráneo, dice: «La cabeza desprendida del tronco y que fue encontrada a doscientos metros del cuerpo». La fecha: 20 de noviembre de 1945. El autor del artículo: Benedicto Tun.

Martes 13.

A eso de las once vuelvo a llamar a Benedicto hijo. Se disculpa por no haber llamado hace unos días, como había quedado, y me dice que ha encontrado más documentos que podrían servirme. Propone que nos veamos un poco más adelante, para ponernos de acuerdo en qué documentos voy a usar, y cómo. Quedamos en hablar de nuevo esta noche, a eso de las siete.

Más tarde llamo al jefe. También él se disculpa y «para no atrasar más nuestro encuentro» me da cita mañana a las dos de la tarde, después de almuerzo, en el café junto al TacoBell de la Avenida Las Américas.

Por la noche.

Sin duda quiero volver al Archivo. Quiero ver de nuevo el lugar, con la tropa de investigadores que me hacen pensar en personajes de Kafka, con sus ropas estrafalarias, sus *piercings* y tatuajes debajo de las gabachas de uniforme color ocre con insignias verde esperanza donde dice: «Proyecto de Recuperación del Archivo»; los viejos de pelo gris y hombros caídos, los revolucionarios frustrados que trabajan ahí por el sueldo pero también, con una especie de sordo ahínco, porque quieren hacer hablar a los muertos. Porque casi podría asegurar que, como en mi caso, nadie está ahí (salvo tal vez la gente de la limpieza y los contadores) de modo completamente desinteresado o inocente. Todos, en cierta manera, archivan y registran documentos *por* o *contra* su propio interés. Con anticipación, y quizás a veces con temor también. Nadie sabe, como dicen, para quién trabaja —ni menos aún para quién trabajó.

Miércoles 21 de marzo por la tarde.

Cuando vuelva de Oaxaca —me dijo el jefe—, puedo renovar las visitas al Archivo. Debo llamarlo a mi regreso.

Durante nuestra última entrevista, cometí la torpeza de no dejar que terminara de contarme algo acerca del amigo de sus hijos que murió hace unos días en un accidente de tránsito en Totonicapán. Algo acerca de los vínculos de amistad que los unían, desde su infancia en una «colmena» —como se llamaban los refugios para hijos de miembros del Ejército Guerrillero de los Pobres.

Aquí, un comentario mío hizo que la conversación girara hacia el negocio de las adopciones ilegales. Según el jefe, éste empezó en los años ochenta, y estuvo vinculado a las masacres en el interior, sobre todo en el altiplano occidental. Aunque al principio el procedimiento normal era asegurarse de que no quedaran sobrevivientes, más tarde los soldados comenzaron a dejar con vida a los niños, que después eran llevados a las llamadas «casas cuna».

Pregunté si él creía que dejaron de matar a los niños por algún escrúpulo humanitario; contestó que no lo creía, que se habían dado cuenta de que «podía ser muy buen negocio ponerlos en venta para la adopción».

Después de que lo puse al tanto de mis hallazgos en torno al Gabinete de Identificación, el jefe me dijo que le gustaba la idea de centrar la atención en un personaje como Tun en lugar de un «psicópata» como Bernabé Linares (alias Linduras), de quien él me había hablado, conocido como uno de los mayores esbirros al servicio de Ubico y de los posteriores gobiernos contrarrevolucionarios.

Me explicó también pormenores del «malentendido» que causó la suspensión de mis visitas al Archivo; habló de resquemores, de «canales»; de problemas de confidencialidad y celos profesionales, de asuntos de seguridad. No convenía, por ejemplo —me dijo—, que al referirme a lo que hacía en el Archivo yo usara la palabra «investigación». Nadie, aparte del equipo de la Procuraduría propiamente, tenía autorización para hacer allí ninguna clase de investigación. Entre los miembros del equipo, había estudiantes de historia, de ciencias políticas, de leyes, que habían solicitado permiso para usar documentos del Archivo en sus tesis o trabajos de campo, y todas las peticiones habían sido denegadas por el jefe. Yo gozaba de un simple privilegio, me dijo, y agregó: «Te lo di basado en una intuición, y es posible que me equivoque, porque a vos no te conozco, ni somos amigos.»

Una intuición: que el producto de mi trabajo de escritor podría ayudar a que el público no especializado conozca el Proyecto de Recuperación del Archivo, y a que la gente llegue a entender la importancia de un hallazgo como éste.

Miércoles 28, noche.

Día extraño, vacío.

Jueves.

Día más vacío todavía, si se puede, que el de ayer —debido al exceso, anoche, de vino tinto y brandy español. Dormí la siesta en casa de mis padres. Mientras descansaba, pensé en mi madre, que tiene casi noventa años y que pasa buena parte de sus días durmiendo en uno de los cuartos con ventanales que dan a un jardín amplio y sombreado con viejos árboles.

A las siete llamó Magalí; mi madre debe hospitalizarse de urgencia, me dice. Es necesario hacerle un drenaje renal; al parecer, uno de sus riñones no funciona desde hace meses, tal vez años.

La acompañamos a su ingreso en el hospital. Mi sobrina Claudia, la hija mayor de Magalí, pasará la noche con ella.

Sábado. Vuelo a Oaxaca.

Leo en el avión un artículo de prensa sobre el terrorismo de Estado en Guatemala: «¿Herencia o destino?», firmado por un influyente articulista. Recorto el artículo y señalo este pasaje con tinta roja:

«Exasperados y exaltados por el paraíso que disfrutan a sus anchas la delincuencia común y el crimen organizado, las altas esferas de la Seguridad y del Estado guatemalteco han optado desde siempre por la eficacia y el pragmatismo y han procedido a organizar escuadrones de la muerte integrados por policías de alta y sicarios profesionales contratados para asesinar delincuentes. Estas prácticas extrajudiciales son causas populares, pues la gran mayoría de los guatemaltecos vive vulnerable e indefensa ante la delincuencia y tiene la convicción de que a los criminales implacables no hay otro camino que aplicar su propia medicina. En otras palabras, la desesperación y el miedo de los ciudadanos termina por concederle cierta legitimidad a esta variación de terrorismo de Estado».

Me pregunto si el articulista se cuenta a sí mismo entre los que creen que esa «variación de terrorismo de Estado» tiene, en efecto, cierta legitimidad.

«Nunca nadie sabrá con precisión —sigue, y ahora parece que quiere revisar la historia muy reciente— entre los miles de caídos durante las tres décadas de guerra, culpables e inocentes, cuántos ni quiénes fueron abatidos por la insurgencia o por la contrainsurgencia».

¿Y la medicina forense?, pienso.

«Deberías sugerirle que dé una ojeada al trabajo de gente como Clyde Snow, o Michael Ondaatje», me dijo un viejo poeta mexicano cuando le hablé de esto en las áridas afueras de Oaxaca.

De internet: «Clyde Snow fue nombrado por el presidente George Bush (padre) para que formara parte de la Comisión de Derechos Humanos de las Naciones Unidas en 1991. Considerado "héroe popular internacional" de la antropología forense,

Snow ha seleccionado casos paradigmáticos de masacres guatemaltecas para establecer precedentes en casos de "atrocidades" contra los derechos humanos. Según sus informes, más de cien mil personas fueron muertas por miembros del ejército guatemalteco entre 1960 y 1996, y unas diez mil por miembros de los varios grupos guerrilleros en el mismo periodo».

Domingo, en Oaxaca.

Ayer por la tarde, lectura de cuentos en San Agustín Etla, en una antigua fábrica de hilados convertida en centro cultural, en medio de un paisaje agreste con montes color gris y cielo azul oscuro. Por la tarde, increíble borrachera de mezcal. De noche, catarata de visiones y recuerdos.

Mi madre fue secuestrada en la ciudad de Guatemala el 28 de junio de 1981, y liberada el 23 de diciembre del mismo año. Nunca llegamos a saber en manos de quién estuvo durante esos seis meses, y de hecho nadie de la familia quiso llevar a cabo ningún tipo de investigación. Por conjeturas, al principio creíamos que sus secuestradores fueron miembros criminales del Gobierno o de la Policía Nacional. (Por aquellos años no era poco común que partidos o facciones políticos cometieran secuestros para financiar sus campañas electorales o estrategias de guerra, o simplemente para enriquecerse.) Uno de los indicios que sustentaba esta hipótesis era un hecho que se produjo para la entrega del rescate. Mi tío, el doctor Eduardo García Salas, y yo fuimos designados para entregar el dinero. Tuvimos que hacer el típico recorrido al estilo de «la busca del tesoro» por la ciudad de

Guatemala —recorrido que comenzó a eso de las cuatro de la madrugada, en completa oscuridad. En un momento dado se nos instruyó dejar el auto que conducíamos en un estacionamiento público, para trasladarnos a otro vehículo que se encontraba ahí —un *pick-up* Datsun azul del modelo de aquel año. En la guantera de éste había un sobre con más instrucciones: «Desnúdense fuera del *pick-up,* a la luz del poste junto a ustedes, y pónganse los uniformes deportivos que están debajo del asiento...». Además de las instrucciones, en la guantera encontramos los documentos de circulación y propiedad del vehículo, que, para nuestro asombro, estaban a nombre mío, y ostentaban el sello de la Policía Nacional y la firma del subdirector.

La entrega se llevó a cabo sin contratiempos, y por la tarde ese mismo día mi madre estaba en casa sana y salva, aunque muy débil; había perdido unas cincuenta libras de peso durante su encierro. La condujo un cura amigo de la familia, cerca de cuya parroquia los secuestradores pusieron a mi madre en libertad —y a través de quien habían hecho llegar a manos de mi padre la primera comunicación del secuestro, seis meses atrás.

Pocos días después de su liberación, mi madre mandó decir una misa de acción de gracias, durante la cual hizo público el deseo de que sus captores fueran perdonados por los poderes de este mundo «y los del otro», y en el círculo familiar el aspecto criminal del caso se dio por olvidado. Aparte del bajón económico causado por el pago del rescate, el encanecer repentino de mi padre y la crisis nerviosa de Mónica, mi hermana menor (sin duda, el daño más grave), la familia resultó prácticamente ilesa. Y aun me atrevo a afirmar que esta experiencia fue en cierta manera enriquecedora para mi madre, a sus sesenta y cuatro años, y la puso en contacto con reservas inesperadas de fortaleza interior. Adquirió una conciencia social más plena, y se convirtió, después del secuestro, en una mujer más dulce.

Durante varios años yo pensé que una de las bandas lideradas por Donaldo Álvarez Ruiz, en ese tiempo ministro de Gobernación y hoy prófugo buscado por la Interpol, había sido responsable del secuestro. Unos doce o trece años más tarde, sin embargo, tuvimos noticias que nos hicieron cambiar de parecer, y concebimos una hipótesis distinta sobre la identidad de los secuestradores. En 1994 yo volví a establecerme en Guatemala después de casi quince años de exilio voluntario, y entre las nuevas amistades que entablé había algunos ex combatientes guerrilleros. Un día, durante una larga conversación etílica, uno de éstos llegó a asegurarme que los secuestradores de mi madre fueron un grupo guerrillero urbano, efímero y prácticamente desconocido, que llevó el nombre de Movimiento del 18 de Enero, cuyo cabecilla y fundador, Eugenio Camposeco, murió en un accidente automovilístico en 1982. Debo decir que la posibilidad de que los secuestradores de mi madre fueran guerrilleros y no policías no dejó de desagradarme, pues, aunque nunca tuve vínculos directos con ninguna de las organizaciones revolucionarias, mis simpatías estaban con ellas y no con el Gobierno, y este hecho hacía inevitable reconocer que, ideología aparte, entre las filas insurgentes teníamos «enemigos naturales». Y ahora, la víspera de mi viaje, una de mis amigas, que había sido «cuadro de apoyo» de una organización guerrillera, me comunicaba que existía el rumor, entre algunos archivistas, de que yo estaba allí en busca de la identidad de los secuestradores de mi madre, que podían estar empleados en el Proyecto de Recuperación del Archivo.

Mi suspenso —me pregunto ahora— ¿no se debe a eso?

Miércoles por la mañana.

Una pesadilla inolvidable, anoche que volvía de Oaxaca. B+ fue a recogerme al aeropuerto. Se quedó conmigo un rato y poco antes de la una (mi vuelo llegó hacia medianoche) se fue a su casa, medio dormida, a seguir durmiendo. Estuve despierto un rato leyendo correos electrónicos, y me fui a la cama. Poco después sonó el teléfono, me levanté a contestar: nada. Volví a acostarme y me dormí.

Desperté a eso de las cuatro, empapado en sudor, con un miedo intenso. No fue un sueño violento, fue lo que se diría un auténtico sueño de fantasmas. Estábamos B+ y yo en casa de mis padres, en el dormitorio de mis padres, de pie junto a la puerta vidriera que da al jardín. Por los tonos y brillos verdes de la grama y el verde casi negro de las hojas de los árboles (temblorosas en el mismo sueño) yo sabía que el día declinaba. Hubo un ruido extraño en el fondo de la casa, hacia el corredor que lleva a la sala. Al ponerme a escuchar, oí unas risas demenciales que parecían venir de la cocina. B+ estaba muy asustada. Preguntó: «¿Qué fue eso?». «Fantasmas —le dije—, ésa tiene que ser la risa de un fantasma, o de alguien que nos quiere espantar».

Voy al corredor, donde, de pronto, se ha hecho de noche, está muy oscuro. Alargo el brazo —creo que lo hice también en la cama, mientras dormía— para encender la luz.

Conté el sueño hace un rato a B+, le dije que al encender la luz me había despertado. Pero le oculté el final, que fue lo realmente aterrador para mí.

Al encender la luz vi a mi padre que entraba desde el balcón. Parecía cansado, estaba mucho más delgado de lo que es en realidad. Traía bajo el brazo algo que pensé que era una botella de cerveza, cerveza oscura. Pienso: «Entonces, no era él». (Mi padre, que yo recuerde, nunca bebió cerveza oscura.) Ahora las risas se oyen más débilmente. El hombre de la cerveza, que puede ser mi padre, o no, impasible; como si no hubiera oído nada extraño. Entra en un cuarto y cierra la puerta suavemente. Oigo el clic. Y entonces sí, despierto aterrado, sudando, con frío por el contacto de la pijama mojada con la piel. Me levanto a cambiarme. Me acuesto de nuevo, y duermo sin interrupción casi hasta mediodía.

Jueves.

De la prensa: Limpieza social en el lago de Atitlán. Grupos armados (con nombres como Sicarios sin Fronteras) han efectuado treinta y seis ejecuciones en los últimos seis meses. Entre las víctimas hay ladrones, brujos, parejas infieles, drogadictos y funcionarios corruptos. Los grupos «de limpieza» (alguien debería inventar un nombre nuevo para el «concepto» de *limpieza social*) publican listas con los nombres de sus próximas víctimas. Vecinos acusan de negligencia al Ministerio Público.

Buscaba hace un momento el sobre de manila que contiene las fotocopias con la «lista de eliminación» elaborada por miembros del ejército que obtuve hace unas semanas de Luis Galíndez. Como ocurre a veces con un libro o documento que quiero revisar o releer, por ahora ese sobre se ha ocultado en medio del desorden usual de mis papeles. En su lugar, encuentro una carpeta como las que usaba durante los años del colegio. Contiene unas cartas escritas por mi abuelo materno a su esposa e hijos unas horas antes de suicidarse. En un sobre aéreo se lee: *Para Doña Emigdia Monroy Vda. de García Salas.* Dentro hay una carta de despedida escrita por don Jorge poco antes de darse un balazo en el pecho. La carta termina: *Perdónenme, pues, y que tomándolo todo con filosofía y buscándole a las cosas su mejor cariz, sean felices. Es el último y ardiente voto de quien los quiso con todo su corazón.*

Acompaña a ésta una carta forense que explica que la muerte del señor García Salas *fue producida por disparo de revólver cuyo proyectil penetró por el tórax izquierdo, interesándole la piel, el tejido celular, músculos, pulmón y corazón.*

Desisto de buscar el sobre extraviado, sigo leyendo documentos de mi abuelo, que escribió cientos de artículos sobre agricultura y agronomía —entre ellos, varias apologías del minifundio (en oposición al latifundio imperante en Guatemala)— durante las décadas de 1910, 1920 y 1930 para varios periódicos locales, y el relato de una expedición a la selva del Petén —dirigida por él mismo— para combatir una plaga de chapulín, que provocó un altercado con las autoridades de Chiapas, hacia donde la plaga fue desviada desde el Petén exitosamente por mi abuelo.

Vuelvo a pensar en el sueño fantasmal de anoche. Pocos me han impresionado tanto en los últimos años, tal vez por lo que podría llamar el esmerado realismo cinematográfico de la producción.

Viernes.

¡Sueño de la muerte de mi madre! Breve pero intensa agonía, en mis brazos. Ha caído de espaldas y se ha dado un golpe en la cabeza —estábamos hablando, un momento antes, de uno de mis viajes. Los colores de su piel cambian de pronto —eran vivos, brillantes, casi eléctricos, y luego, de pronto, palidecen. Está completamente desnuda, y su piel es del color de la ceniza. Ha oscurecido toda ella. Esto ocurre en la cocina de su casa, junto a la mesita donde come Luisa, la sirvienta tzutujil de mis padres. Me inclino hasta el suelo para levantarla en brazos. En pocos segundos ha adelgazado horriblemente. Quiero llevarla a la sala. En el corredor me encuentro con Magalí, y se produce una discusión absurda acerca de dónde debemos ponerla a descansar. Decidimos llevarla a su cuarto. Yo voy hablando con ella —la llevo en brazos. Ha cerrado los ojos. Le digo: «Mi amor, mi amorcito», y sé que se está muriendo. Al llegar al dormitorio, ha muerto. Despierto entre sollozos.

A media mañana.

Llamo de nuevo a Benedicto Tun. Me dice que ha encontrado varios de los dictámenes que cree que podrían interesarme y unos casetes con algo que su padre preparaba para una *Historia de la Policía Nacional.* Sugiere que «concretemos»; me da cita en su despacho para el próximo martes por la tarde. Me pregunta si puedo llevar un reproductor de audiocasetes, que él no tiene uno. Al colgar el teléfono, voy a verificar —en el armario del estudio tengo uno que le podría prestar.

Llamo al celular del jefe. No contesta y la casilla de su buzón de mensajes está llena.

Por la tarde.

Voy a recoger a Pía a su sesión de catequesis en la iglesia San Judas Tadeo. En el estacionamiento hay una docena de guardaespaldas, que acompañan a cuatro o cinco «madres angustiadas» (dos de ellas, lo que se diría despampanantes) que también van por sus hijos.

Hojas adjuntas a la cuarta libreta

En casa de mis padres, después de almuerzo.

La prensa trae dos noticias que tienen relación con el Archivo, y otra, con la Policía Nacional Civil.

1) A un mes de que se produjo el «hundimiento» en la zona 6, nadie se responsabiliza por quienes perdieron sus viviendas, ni hay apoyo alguno para los familiares de los muertos. El hoyo sigue ensanchándose, y se agrava la amenaza, que afecta a los edificios que contienen el Archivo.

2) Establecen consejo para apoyar el Proyecto de Recuperación del Archivo de la Policía Nacional. «El Procurador de los Derechos Humanos espera expedientes de casos de violaciones de los derechos humanos durante el conflicto interno.» «A. M. de Klein, integrante de la organización Madres Angustiadas, consideró que la inversión que ha de hacerse para catalogar los aproximadamente ochenta millones de folios que contiene debería hacerse en educación y salud, porque el presente es más importante que seguir arando sobre el pasado.» Por otra parte, la señora Verónica Godoy, integrante de la Instancia de Apoyo a la Seguridad Pública, dice que «es vital recobrar la memoria, pues así pueden verse los modos de operar de la Policía Nacional, a cuyos mandos más altos los esperan actualmente los tribunales para interrogarlos».

3) Ayer ejecutaron (extrajudicialmente) a otro agente de la Policía Nacional Civil relacionado con el

asesinato de los diputados salvadoreños y su chofer. Lo hicieron cuatro jóvenes de menos de veinte años —según testigos oculares— a las puertas del colegio para niños Ríos de Agua Viva, del cual el agente era propietario y director. «En la comunidad El Coco era sabido que este señor era delincuente al mismo tiempo que policía.»

Tercer cuaderno: «Scribe»

Viernes por la mañana.

Llamo varias veces al jefe; buzón lleno.

Prensa Libre trae más noticias y comentarios sobre la Policía Nacional Civil, señalada públicamente por el relator de Derechos Humanos de las Naciones Unidas, Philip Alston, de llevar a cabo operaciones de «limpieza social». Dice además el relator: «Éste es un buen país para cometer un crimen».

Vuelvo a llamar al jefe; no responde.

Por la tarde.

La Hora, el vespertino, dice: «Agentes de la División de Investigaciones Criminológicas cometen ejecuciones extrajudiciales, afirma el relator de las Naciones Unidas».

Benedicto Tun dirigió durante casi cincuenta años lo que quizá sería el equivalente de esta división de la antigua Policía Nacional. De nuevo, me pregunto: ¿pudo ser éste un hombre «decente» —en el sentido orwelliano al menos? Me pregunto si tendré una idea más clara acerca de esto después de entrevistarme con su hijo.

Sábado por la mañana.

Anoche, de nuevo, pesadilla aterradora. Estaba, en el sueño, en casa de mis padres, en el dormitorio al que solíamos llamar «del abuelito». Estoy despierto, pero acostado en la cama en la oscuridad. Oigo ruidos, me levanto a investigar. Camino, sin encender luces, sigo hacia la sala y el comedor, de donde provienen los ruidos. Al entrar allí, me detengo, asustado. Un hombrecito, evidentemente un ladrón, está inclinado del otro lado de la mesa, de espaldas a mí; busca algo en un mueble que contiene cristalería. Enciendo una luz, el hombrecito se vuelve. Tiene la cara de Mark Rich, un pintor (creo que finalmente frustrado) que conocí en Marruecos y con quien luego hice amistad en Nueva York, pero de quien no he tenido noticias en más de veinte años. ¡Es él! —pienso—, pero mucho más delgado y como en miniatura. Parece que está furioso, su hocico recuerda el de un murciélago. Miro a mi alrededor, en busca de un objeto contundente para atacar o defenderme. El otro toma un gran florero de vidrio que está encima del mueble donde husmeaba, hace ademán de lanzármelo. Yo emito entonces un ruido inarticulado, medio grito medio gemido que apenas sale de mi boca, para pedir ayuda. Despierto empapado en sudor. Me levanto para comprobar que estoy solo en el apartamento; voy a asegurarme de que la puerta de entrada tiene puesto el pasador.

Llamo de nuevo al jefe. Contesta su celular y me dice que no puede hablar mucho. Está en el Archivo con un «gurú de la archivística», que está dando un taller para los investigadores del Proyecto. El jefe suena muy entusiasmado. El taller termina el lunes próximo, el martes celebrarán una junta general los directores y colaboradores del Proyecto, y me propone que el miércoles por la mañana reanude mis visitas al Archivo.

Ojeo *elPeriódico*. Más noticias de Philip Alston: «Informe de relator señala prácticas de *limpieza social*», dice el titular en primera plana. Entre otros datos de estadística, indica que en el año 2006 se registraron cinco mil quinientas treinta y tres muertes violentas en territorio guatemalteco, de las cuales sólo un cinco por ciento aproximadamente fueron investigadas por las autoridades; y sesenta y cuatro defensores de los derechos humanos han sido asesinados en Guatemala en los últimos cinco años.

Otra noticia interesante:

Jaime Gonzales, el médico policía, voló de Costa Rica a Venezuela en el vuelo de COPA 223, al día siguiente de presentar su renuncia, y horas después de visitar a los policías detenidos por el asesinato de los diputados salvadoreños en la cárcel de El Boquerón, pero no se ha encontrado registro alguno de su llegada al aeropuerto internacional Simón Bolívar. O sea: el ex subjefe de la Policía Nacional Civil ha logrado desaparecer.

Martes.

Disgusto telefónico con B+ (a causa de un atraso mío para una cita). Le digo que está fuera de sus casillas; me dice que no entiendo nada. Estamos de acuerdo en que no conviene hablar más por el momento, la llamaré más tarde. *Old story*, me digo a mí mismo.

Almuerzo en casa de mis padres. Leo en *elPeriódico* una carta abierta de Jaime Gonzales, en la que justifica su salida de Guatemala y su «desaparición». Dice: «Mi muerte en esas circunstancias (el escándalo del asesinato de los diputados salvadoreños y la muerte de sus asesinos —policías de alto rango, bajo el mando de Gonzales en una prisión guatemalteca de alta seguridad) hubiera perjudicado directamente a mi persona ante la opinión pública». ¿Jesuítica lógica?

Sábado. Puerto Viejo, Iztapa.

En casa de los T, sobre el canal de Chiquimulilla. Construcción de lujo estilo Santa Fe, servicio cinco estrellas. Pero el extremo de comodidad, agregado a la *bonhomie* de JL y la compañía de B+, no me hacen completamente feliz, ni siquiera hacen que me sienta en paz. (Y yo a ellos, ¿cómo les haré sentir?, podría preguntarme; nunca lo he hecho.) Aunque no se trata exactamente del «sentimiento de culpa por tener todavía un poco de aire puro para respirar —como decía Adorno— en el infierno», algo de eso hay. Tal vez tenga razón B+ en lo que yo he llamado su prejuicio contra el uso (aunque sea secreto y moderado) del metilestero de benzoilecgonina de giro izquierdo, bajo cuyo influjo, y con mano ligeramente temblorosa y amargor en el paladar, escribo —tendido al ardiente sol, frente al canal y con el mar que retumba y brilla a lo lejos— estas líneas.

Domingo por la tarde.

En la prensa: uno de los policías involucrados en el asesinato de los diputados salvadoreños, quien ahora es un testigo protegido, declara que existen «escuadrones de la muerte evangélicos» integrados por agentes de la Policía Nacional Civil que pertenecen a distintas sectas religiosas. «Estamos librando —dice— una lucha contra el Mal. Así se justifican los asesinatos extrajudiciales».

Lunes.

Hojeo el cuaderno del secuestro de mi madre, que le pedí prestado el jueves. Durante los seis meses que duró su secuestro, a mi madre le permitieron llevar un diario, que le quitaron al dejarla en libertad. A los pocos días de su regreso a casa, ella se puso a escribir recuerdos del episodio en un cuaderno de pasta dura, con un forro de tela con dibujos de rosas muy pequeñas sobre un fondo color hueso. Entre las páginas del cuaderno hay tres hojas escritas a máquina por mi madre (que fue secretaria en su juventud y hasta hace pocos años era una mecanógrafa excelente). Dejó la tarea a medias, pero las primeras páginas no carecen de interés:

Junio 28, 1981. Janila K'ay (la tienda de cerámica).

6.45 PM. Mario me llama para avisar que llegará tarde a cenar porque tiene sesión extraordinaria en el Banco. Aprovecho para escribir una nota a «Guayito» para encargarle varias piezas de la fábrica. A las 7.15 pasa don Lelo Ungaretti con un recado (no recuerdo qué) para Mario. Pongo en el carro una base de lámpara defectuosa que hay que devolver a la fábrica, y un pez de madera hecho en Birmania que Rodrigo mandó de Nueva York como regalo para Magalí (cuyo cumpleaños fue la víspera), y que traje a la tienda para que lo envolvieran en papel de regalo. Al subir al carro veo a un muchacho que me está mirando desde el otro lado de la calle, se pasea frente a una tienda. Salgo por la Séptima Avenida y, como acostumbro, tomo el carril lateral de la Plazuela España, para evitar el semáforo. Voy deprisa, quiero cenar antes de que comience una película que anuncian en Canal 3 para las 8.00. Al doblar en la 12 calle, una furgoneta blanca me cierra el paso. Pienso que ha retrocedido para estacionarse. Por el retrovisor veo que hay otro vehículo detrás de mí. Cuatro o cinco hombres han bajado de la furgoneta. Hay una mujer entre ellos. Un hombre, al que no había visto y que imagino que bajó del auto que tenía detrás, rompe con la cacha de su revólver la ventanilla del lado derecho (siempre llevo esa portezuela con llave). Oigo unos disparos. Grito.

Martes.

Larga e instructiva entrevista con Benedicto Tun.

El edificio del Pasaje Suiza, que comunica las calles novena y décima, es hoy un sitio sombrío que guarda un poco del *glamour* de los años cincuenta. El despacho de Tun queda en el tercer piso, en el extremo sur del corredor, un corredor con altos zócalos de madera y varios bancos de espera incorporados a las paredes entre despacho y despacho. Instalada en un banco bajo altos ventanales, por donde la luz del sol entra filtrada por una película de polvo y suciedad, hay una familia kakchiquel con dos niños pequeños y un bebé, que toman una refacción de sopa de frijoles negros, aguacates y tortillas. Cuando paso por su lado me ofrecen números de lotería. Pegada a la puerta del despacho de Tun hay una nota escrita a mano, donde está el número de su celular. Lo llamo. Dice que está por llegar. Me siento en un banco y tomo notas.

Tun llega con pocos minutos de retraso. Tiene grandes ojos rasgados, semblante sereno, pelo gris lacio, abundante y arreglado. Me hace pensar en un Humphrey Bogart guatemalteco un poco pasado de peso. Tras la puerta que da al corredor hay otra con rejas de hierro. Al dejarme pasar, explica que está haciendo remodelaciones. El despacho está dividido en dos por un tabique de cartón piedra, al que le faltan varios paneles. Me invita a pasar a su oficina, más allá del tabique; me siento en un diván blanco frente a un escritorio repleto de papeles. Le digo que supongo que tiene mucho trabajo y que no quiero abusar de su tiempo. Asiente con la cabeza y con una leve sonrisa de resignación. Va a tomar del escritorio unos casetes de audio viejos y en mal estado (que él supone que su padre grabó durante sus últimos meses de vida), me los entrega y se sienta en un sillón al lado del diván. Le digo que antes de dármelos debería escuchar las grabaciones. Recuerdo entonces que he dejado la grabadora en el automóvil; ofrezco ir por ella al final de la entrevista, para dejársela prestada.

Me explica que ha encontrado un gran desorden en los papeles de su padre, por lo que —confiesa— se siente un poco culpable. Me parece que está complacido por el interés que muestro por el trabajo del padre, de quien habla con evidente afecto. Me enseña un certificado de su nombramiento como jefe del Gabinete de Identificación.

«Mi padre comenzó ganando un sueldo de simple agente de calle, pero era serio y ambicioso en el afán científico. Tampoco era dogmático. Fue un empírico y también un estudioso que experimentaba constantemente. Él creó prácticamente solo el Gabinete de Identificación.»

Le pido que me hable del dictamen sobre la muerte de Castillo Armas que mencionó durante nuestras primeras conversaciones telefónicas.

Benedicto parece relajarse un poco. Comienza a contarme en tono confidencial, y como si yo conociera bien la historia, el caso del soldado Romeo Vásquez, acusado del magnicidio —en el que estuvo involucrado Trujillo, el presidente de la República Dominicana. Me cuenta que —como todo el mundo lo supo por la prensa del momento— este soldado llevaba un diario. Me deja ver fotocopias del diario, escrito con buena letra, aunque bastante apretada. Las notas mencionan repetidamente la llegada del «gran día» y la «nueva revolución». Aunque muchos han puesto en duda la autenticidad del diario (como señala Norman Lewis en su artículo «Guatemala – The Mistery of the Murdered Dictator»), Tun cree que esta circunstancia decidió la suerte de Vásquez, señalado para ser cabeza de turco por los conspiradores, probablemente gente de extrema derecha y no de izquierda, como se dijo entonces. Habían armado un complot, un supuesto plan de escape para el asesino. El soldado fue traicionado (la puerta por la que debía escapar del Palacio estaba cerrada por fuera). Al verse acorralado, se dio un tiro debajo de la barbilla con el mismo rifle con que había matado al presidente —según las pruebas de balística realizadas por Benedicto padre. El hijo me muestra fotos del soldado tendido en el suelo, la cabeza destrozada y el rifle entre las piernas.

Comienza a hablar de otro caso, la muerte de Mario Méndez Montenegro. El viejo Tun dictaminó suicidio (de nuevo habla de las circunstancias como si diera por sentado que yo conocía bien el caso —lo que no deja de halagarme). «Pero luego los de arriba querían que cambiara su dictamen, que dijera que había sido un homicidio», me dice.

Explica que Méndez Montenegro, candidato a la presidencia y antiguo director de la Policía, se mató con un revólver, un arma que le había regalado un militar unos años antes de su muerte, y la bala que le perforó el corazón era de factura militar. Esto se prestaba a la hipótesis del asesinato político, que fue explotada por sus partidarios. Pero por las pruebas de balística y otras circunstancias de la muerte (en su propia casa, después de una crisis alcohólica), Tun se negó a cambiar el dictamen, a pesar de las presiones de que fue objeto cuando el hermano de Mario, Julio César Méndez Montenegro, fue electo presidente de la República.

«Esto casi llegó a costarle la cárcel —me asegura—. Ante las presiones, él presentó su renuncia, pero no la aceptaron, y tuvo que seguir trabajando en el Gabinete tres años más, hasta que se retiró después de tener un accidente.»

Comenta luego que su padre tenía «una salud de hierro», aunque al final comenzó a sufrir insomnio crónico.

—Muy pocas veces enfermó. Solía nadar una hora a diario, muy temprano, y darse duchas frías por la noche o de madrugada —me dice—. Estaba dándose una de estas duchas cuando resbaló en una pastilla de jabón y cayó al suelo. El golpe que se dio en la cabeza le provocó una hemorragia intracraneal, por lo que fue hospitalizado.

Me da a leer una copia del oficio de renuncia dirigido al presidente del Organismo Judicial (pues

Tun también era el experto oficial de los Tribunales de Justicia). Lo transcribo enseguida.

Señor Presidente,

Viéndome en la imposibilidad de atender por más de un mes mis atribuciones de Jefe del Gabinete de Identificación de la Policía Nacional —por estar en el periodo postoperatorio de un traumatismo cerebral que he sufrido hace poco— considero mi deber señalar, precisamente por no estar muy enterados los Tribunales de las capacidades que pueden tener en ese sentido los componentes del personal subalterno del Gabinete mencionado, y porque, a decir verdad, los diversos quehaceres que resultan de esa labor no pueden delegarse en uno solo de ellos, la necesidad de una división del trabajo entre los mismos componentes del Gabinete de Identificación, de la siguiente manera:

–Exámenes de impresiones digitales, palmares y plantares encontradas en el lugar del crimen, así como la identificación de cadáveres por medio de la ficha post mortem.

–Comprobación química de deflagración de pólvora, mediante los guantes de parafina.

–Determinación de manchas de sangre y otros vestigios: esperma, excrementos, cabellos y diversas fibras humanas, animales o sintéticas.

–Análisis de tintas, y pinturas, por medio de macro y microfotografías, las que son indispensables para estos estudios.

–Análisis de escrituras de todas clases y en todos los sentidos; manuscritos, escritos dactilográficos y firmas auténticas o «dubitadas», cuyo estudio es el más solicitado por los Tribunales.

–Análisis de fotografías.
–Análisis de voz.

Además de «obligarse» a asesorar en determinados casos a los agentes o funcionarios que recomienda para llevar a cabo esos trabajos, queda a la espera de la atención y respuesta del señor presidente del Organismo Judicial.

Le digo a Benedicto que no quiero seguir quitándole el tiempo —ya es más de mediodía— y quedamos en volver a entrevistarnos después de la Semana Santa, a la vuelta de mi viaje a Francia.

Me asegura que durante los días de fiesta tendrá tiempo para seguir revisando los documentos de su padre, y promete apartar los que crea que podrían interesarme. Nos levantamos, y Benedicto va a abrirme la puerta de rejas que da al corredor, que mantiene cerrada —explica de nuevo— «para estar más tranquilos».

Abajo, en el fondo del pasillo y recortada contra el resol de la calle, se ve la silueta de un *pick-up* de la policía. Tengo un mal presentimiento al ver a dos agentes bajar del *pick-up*. Me miran fijamente cuando se me acercan, pero no me detienen.

Voy por la grabadora al carro, que dejé en un estacionamiento público, y regreso al despacho de Tun para entregársela.

Por la tarde.

Leo *Prensa Libre* mientras espero a que sea hora de recoger a Pía para llevarla a dormir conmigo al apartamento: el presidente de la República aceptó ayer la renuncia del ministro de Gobernación y del director de la Policía Nacional —a raíz del escándalo de los diputados salvadoreños. Nombran nuevo ministro a una mujer que formó parte de Madres Angustiadas y, más tarde, del Consejo Asesor de Seguridad del Presidente, Adela de Torrebiarte, que también fue amiga de mis padres.

Llamo a JL para hablar del viaje que quiero hacer a Río Dulce con Pía y mi madre en la avioneta de su empresa constructora. De paso, hago algunos comentarios sobre lo que me dijo Benedicto sobre la muerte de Méndez Montenegro, que era familiar de JL. Entonces —y esto no deja de extrañarme un poco— JL me dice que tiene una llamada de larga distancia, que tiene que cortar, pero que me llamará de nuevo más tarde. No llama.

Por la noche.

Pía duerme. Hablo otra vez con JL. Hago alusión a mi llamada de la tarde. Me dice que no quiere comentar «eso» por teléfono —me hace ver así que he sido poco prudente. Pienso que exagera un poco; no digo nada más al respecto, y cambiamos el tema de la conversación.

Miércoles por la mañana.

Caótico concierto de violín de Pía & compañeritos del colegio. Terminado el espectáculo, había quedado en ir al Archivo. Llamo al jefe para confirmar mi visita —la primera después del «suspenso». Me dice que ha surgido una nueva dificultad y que tendría que estar él presente para asegurarme el ingreso al Archivo. Me llamará —dice— un poco más tarde a mi celular.

Por la tarde.

Sin noticias del jefe. Lo llamo. Contesta. Se disculpa por la cancelación y explica que han surgido más problemas. No quiere que regrese al Archivo sin que antes hablemos —personalmente, insiste, no por teléfono. Me da cita para mañana a las cinco de la tarde en el café de costumbre, al lado del TacoBell de la Avenida Las Américas.

Al anochecer visito a mis padres —llevo unas bolsas de hielo terapéuticas para mi madre, que tiene una rodilla achacosa. Los acompaño un rato mientras cenan (cenan muy temprano, a eso de las siete). Relato a grandes rasgos mi entrevista con Tun.

—Estás tocando pólvora —me dice mi padre.

Contesto que no creo que sea para tanto, que mucho tiempo ha pasado (desde el caso de Castillo Armas, por ejemplo).

Mi madre guarda silencio, un silencio complaciente.

Jueves al anochecer.

El jefe llegó veinte minutos tarde a nuestra cita de las cinco, pero se mostró extraordinariamente cordial —como afligido por su retraso. «El tráfico —dijo—. Todavía no he almorzado.»

Mientras comía deprisa un burrito, recordó que en una película futurista que vio hace poco aparece el logo de TacoBell en un restaurante donde sirven tacos y otros platillos hechos a base de carne humana. No me tenía buenas noticias. Han surgido una serie de malestares «sobre todo de tipo laboral» en el Proyecto de Recuperación del Archivo; entre éstos, el causado por mi presencia ahí. Durante la asamblea general que acaban de celebrar (en La Bodeguita de la 12 calle) los directores y trabajadores del Proyecto, le ofrecieron «un caldo de jetas largas» —me explicó— por haberme dado a mí, que no soy parte del Proyecto, el privilegio de visitar el Archivo.

Contesto que no me extraña mucho, que ya me esperaba algo así, que es claro que los privilegios ajenos tienden a causar malestar.

—En realidad ya no es necesario que vuelva —le digo—, aunque me gustaría.

Me asegura que podré volver; no sabe cuándo.

Pregunto si podría tener acceso a algunos documentos que había comenzado a ojear: las *Memorias de Labores de la Policía,* que ya han sido digitalizadas y que son documentos públicos, en realidad.

Eso podría ser un problema —me dice—, tendría que dar explicaciones para obtener ese material. Sin embargo, promete darme a leer unas *Memorias de Labores del Proyecto de Recuperación del Archivo* que ha elaborado él mismo, que podrían ser útiles como fuente de datos para el libro que tal vez escriba.

Un poco sorprendido, le digo que me gustaría llevar esas *Memorias* conmigo en mi próximo viaje a Francia. Quedamos en que me dará un CD con ese texto dentro de pocos días.

—Cuidate mucho —me dice cuando nos despedimos con un apretón de manos en el estacionamiento.

Martes por la tarde.

Llama el jefe. Me dice que está revisando el texto de *Memorias,* que ha encontrado algunos errores que quiere corregir, que no podrá hacerlo hasta dentro de tres o cuatro días. Así que quedamos en que pasaré por el Archivo a mi regreso de Río Dulce, el Miércoles Santo (y antes de ir a dejar a Pía a la casa de sus primos en un condominio en la costa del Pacífico, donde estará pasando la Semana Santa Isabel, la madre de Pía).

Encuentro por azar las fotocopias del artículo de Marta Elena Casaús donde habla de Fernando Juárez Muñoz, el contemporáneo de Miguel Ángel Asturias que, por influjo de la teosofía y autores como Mme Blavatski, Annie Besant y Jiddu Krishnamurti, sostenía que los indígenas mayas no pertenecían a una raza inferior, y predicaba, ya en 1922, que para *la formación de una verdadera nación positiva sería indispensable que los indígenas se incorporaran plenamente a la ciudadanía con iguales derechos y deberes que cualquier guatemalteco, que se les tomara en cuenta en su condición de elementos de riqueza...* Desde luego, Miguel Ángel & Co. no estaban de acuerdo. En aquel tiempo el futuro premio Nobel escribía: *En rigor de verdad, el indio psíquicamente reúne signos indudables de degeneración; es fanático, toxicómano y cruel.* O: *Hágase con el indio lo que con otras especies animales, como el ganado vacuno, cuando presentan síntomas de degeneración.*

Sábado, madrugada.

Nuevo disgusto con B+, después de la cena de anoche. En realidad —creo— está disgustada por mi próximo viaje a Francia. Se queja de mi falta de empatía, mi problema con los «sentimientos que no puedo manejar». Es claro, pienso: lo inmanejable suele ser problemático.

El piloto de JL llama para decirme que saldremos con tres horas de retraso.

Diez de la mañana.

Salimos dentro de una hora a Río Dulce. Magalí, con quien hablé por teléfono hace un momento, me previene de que Luisa acompañará a mi madre. «Es la primera vez que la pobre viaja en avión. Le aconsejo que lleve a mano bolsas de plástico por si necesita vomitar.» Cielo despejado.

La Buga, Río Dulce, por la tarde.

Leo en W. H. Auden *(The Dyers Hand): Los anónimos legisladores del mundo: la policía secreta.*

Pienso de nuevo en la joven archivista que me habló de los radiogramas de acción unas horas antes de mi «suspenso». Cuando me preguntaron su nombre, dije que no lo sabía, lo que era verdad. Lamento no haberlo memorizado cuando nos presentamos. Por más esfuerzos que hago, no logro recordarlo.

Del otro lado del río, en la orilla oriental, por encima del agua oleaginosa del profundo y oscuro cañón, llegan jirones de música evangélica, himnos bastardeados con corridos mexicanos y *spirituals* norteamericanos.

Comienzo a leer *Paseo eterno.* Es, pienso, el mejor libro de Javier Mejía, pero al mismo tiempo es el peor. El mejor, porque se ha quitado la máscara; habla y escribe cual piensa; el peor, porque como siempre, o tal vez aquí más que nunca, se complace demasiado con su propia versión de sí mismo. Crítica cruda, tal vez, pero la hago con un entusiasmo inesperado y con la certeza de que si dejara de verse a sí mismo con esa extraña e inexplicable autocomplacencia podría convertirse en un escritor interesante.

El tiempo hace variar la opinión de la gente. Voltaire.

Sartre, en *La náusea: Creo que en eso consiste el riesgo de llevar un diario: lo exageras todo, estás a la expectativa, y sobrepasas los límites de la verdad.*

Wittgenstein: *¿Pero no es ésta una consideración unilateral de la tragedia que sólo muestra que un encuentro puede determinar toda nuestra vida?*

Schnitzler: *Toda verdad tiene su momento —su revelación— que suele durar muy poco, de modo que, como la existencia misma, es un destello, o sólo una chispa, entre la nada o la mentira que le precede y la que le sigue, entre el momento en que parece paradójica y el momento en que comienza a parecer trivial.*

Miércoles.

Al volver de Río Dulce, ahora por tierra (el chofer de mi madre fue a recogernos), pasamos por La Isla, que está hacia el principio de la carretera que une la capital con la costa del Atlántico, para recoger el CD con las *Memorias del Proyecto de Recuperación del Archivo* que el jefe dijo que dejaría para mí con uno de los guardias. Así, evitaré atravesar mañana de un extremo a otro dos veces la ciudad.

Era ya casi de noche cuando llegamos a La Isla, y para llegar al Archivo tuvimos que pasar dos puntos de control; había guardias armados por todas partes.

Mi madre —a quien no había advertido suficientemente estas circunstancias— me miró con ojos alarmados, y me pareció que estaba impresionada cuando, al hablar yo con los guardias a la entrada, nos dejaron pasar. Más allá, a las puertas del Archivo, el guardia de turno, después de verificar mi identidad, me entregó un sobre con el CD prometido por el jefe, y, además, una cajita de cartón con cuatro CD, donde leo, escrito a mano: *Memorias de Labores de la Policía Nacional.* Me parece reconocer la letra de Luis Galíndez, que vi en el sobre que me dio con la lista de eliminación de los archivos militares.

—También es para usted —me dice el guardia.

Cuando salíamos:

—¿Trabajás aquí? —me pregunta Pía.

Me río, le digo que a veces.

—¿Sos policía?

—No.

—¿Y entonces?

—Los investigo a ellos —le contesto, me vuelvo a reír.

—¿Por qué? —insiste Pía.

—Es parte de mi trabajo.

—¿Los investigás?

Después de pensarlo un momento, improviso:

—Quiero estar seguro de que se están portando bien.

Pía no sigue preguntando. De reojo veo a mi madre, que mira la oscuridad fuera del auto y sonríe levemente en silencio.

Cuarto cuaderno: cubierta de cuero sin marca ni nombre

Domingo de Pascua, en París *chez* Miquel Barceló.

Ojeo, entre los libros de Miquel, *Por amor al pueblo* de James Meek. Encuentro la descripción de un personaje que, pienso, le iría bien a JL —o sea, JL, como tipo, es claramente reconocible: *Era constructor. No poseía rango digno de mención, pero sí una gran fortuna. Era uno de esos individuos encantadores cuya utilidad práctica trasciende todo el esnobismo, la corrupción y la estupidez propios de los poderes de cuyo patrocinio dependen.*

Desde octubre del año pasado, cuando estuve aquí de visita, Miquel ha adquirido varias decenas de libros. Este ritmo de crecimiento es el normal para su vasta biblioteca. Casi todos los libros nuevos parecen haber sido utilizados, posiblemente leídos.

Mañana voy a Poitiers para dar la conferencia que preparé el Viernes Santo en Amatitlán: «Paisaje y biografía».

Lunes a mediodía en París.

Anoche soñé con Pía. Me llamó por teléfono (en el sueño, yo estaba en el chalet de Amatitlán donde pasé unos días con B+). Pía me pone a hablar con su abuelo materno, don Carlos, piloto de aviones de caza y de fumigación. Conversación jovial. Me dice que irá a recogerme y, con la velocidad de los sueños, de pronto está ahí, en el jardín del chalet, de pie al lado de su auto deportivo (que en realidad no tiene). Me conduce a gran velocidad de vuelta hacia la capital. Maneja temerariamente, voy asustado. (Pienso en el sueño: es piloto de caza, domina el automóvil.) Nos detenemos cerca de un pueblo que podría ser Villa Canales, donde se celebra una feria. Hay juegos mecánicos y acuáticos con temas mayas. Gran diversión. Participamos —más bien, participo yo, porque en cierto momento don Carlos desaparece del sueño— en juegos de combates cuerpo a cuerpo y maniobras de guerra, con un fondo de pirámides de plástico inflables. Euforia infantil.

Anoche cené con Claude Thomas, traductora al francés de Paul y Jane Bowles, cerca de su casa en Montmartre. Le hablo del Archivo, del diario que llevo. Escucha con interés. Lo que le cuento tiene los elementos de un *thriller,* me dice. Más tarde me pregunta si extraño a Paul. Le aseguro que sí. En una versión simplificada le relato mi sueño recurrente con Paul: vuelvo a Tánger y lo encuentro vivo, aunque muy viejo y enfermo, en su antiguo apartamento de Itesa en Tánger. El apartamento está vacío, sin un solo libro. Le pregunto si no necesita sus libros (que yo vendí hace unos años a Miquel), y Paul me dice que sí, que le gustaría tenerlos de vuelta. Le prometo que voy a devolvérselos, y entonces me despierto, angustiado.

—Debes de sentirte culpable —me dice Claude.

Le pregunto por qué habría de sentirme culpable. Ella no contesta y comenzamos a hablar de otra cosa.

Miércoles, en Poitiers. Madrugada. Insomnio.

Ráfagas de recuerdos de la conversación, más o menos etílica, con Homero Jaramillo —que vino de Montreal para el coloquio sobre literatura centroamericana. Le cuento lo que he estado haciendo en el Archivo, y le comunico mi temor de que entre las personas que trabajan allí estén algunas de las que participaron en el secuestro de mi madre. (Él fue «cuadro político» en México de un movimiento guerrillero salvadoreño, y allí hizo vínculos con guerrilleros guatemaltecos. Fue él quien, hace unos diez años, me presentó a la persona que aseguraba que a mi madre la había secuestrado un comando de guerrilla urbana.)

Homero menciona la posibilidad de obtener una beca en la Universidad de Toronto. Le digo que tal vez me interesaría obtenerla. Asiente con la cabeza, no dice nada más al respecto.

Jueves, *chez* Miquel.

Homero, que estaba invitado a cenar anoche en casa de Miquel, no aparece. Lo llamo por teléfono, se disculpa. Está un poco borracho y muy cansado, me dice. Se queda a cenar en casa de los amigos colombianos que lo alojan, que viven en París desde hace algunos años. Con Miquel, hablo de nuevo acerca del Archivo. Me dice que él también suponía, cuando se enteró de que yo estaba «investigando» allí, que uno de mis motivos sería averiguar algo acerca del secuestro de mi madre. Le digo que no es así, pero que desde luego me gustaría averiguar todo lo posible acerca de eso.

—Claro —me dice—, pero deberías aclararle al jefe que no vas a usar lo que averigües con fines jurídicos o judiciales, ¿no?

Le digo que no sé si me creerían.

—Ya —responde—, tienes razón, no te van a creer.

Llamada telefónica desde Lucca, la pequeña ciudad toscana donde mi hermana Mónica se instaló hace unos meses con sus cuatro hijos. Me invita a que vaya a visitarlos. Un poco más tarde, llamada de mi madre desde Guatemala: insiste en que vaya a Italia, ofrece pagarme el billete de avión para evitar que yo use el pretexto pecuniario para no ir.

Me alegra pensar que Mónica y sus hijos están lejos de Guatemala. «A salvo», pienso. No puedo dejar de imaginar que tal vez en un futuro no muy lejano me tocará volver a exiliarme. Y claro, me preocupo al pensar en cómo algo así podría afectar al destino de Pía.

Viernes. Cinco de la mañana. Insomne.

Cené anoche con Alice Audouin, a quien no veía hace años. A ella también le hablo del Archivo. Me pregunta si trabajar en algo así no me pone en peligro físico. Le contesto —exagerando un poco— que en un país como Guatemala todo el mundo vive en constante peligro físico. Alice dice: «Ah, el peligro, la dignidad del peligro, aquí la hemos perdido.»

Vuelvo a casa de Miquel hacia medianoche. Llamo por teléfono varias veces a B+, a su casa y al celular; no responde. En Guatemala serían las cuatro de la tarde.

Sábado.

Leo *Balzac,* la biografía breve de Zweig. De unos manuscritos de Balzac, dice: *Uno puede ver cómo las líneas, que al principio son ordenadas y nítidas, luego se inflan como las venas de un hombre encolerizado.* Algo parecido podría verse en mi escritura, pienso.

De Fouché, ministro de la Policía de Napoleón, de quien también habla Zweig en la pieza sobre Balzac: *Necesitaba de la intriga tanto como de los alimentos.*

Almuerzo con Guillermo Escalón, *el hombre cámara*. Cumpleaños de su hijo Sebastián, que piensa ir a vivir un tiempo en Guatemala.

—¿Por qué? —le pregunto.

—Estoy harto de París —me dice—. Y también de la revista (del Centro Nacional de Investigaciones Científicas de Francia, donde trabaja desde hace unos años como reportero).

Ceno solo en el Pick-Clops, cerca del estudio de Miquel.

Ya muy tarde, llamada amorosa de B+. Aludiendo a un comentario mío acerca de su costumbre de reñirme, recita estos versos de su querida Sor Juana: *¡Óyeme, si puedes, con los ojos..., / ya que a ti no llega mi voz ruda, / óyeme, sordo, pues me quejo muda.*

—Pero no puedo verte —le digo.

—Eso no importa, tonto —me contesta—, no se trata de eso, podés verme en la imaginación, ¿o no?

Le pregunto cómo está vestida.

Domingo.

Primera noche de sueño normal desde que llegué a Europa, hace una semana. Día de sol esplendoroso. Cita con Claude para almorzar en Montmartre.

Vago recuerdo de un sueño con Roberto Lemus, que trabaja en el Archivo y es uno de los posibles secuestradores de mi madre. Es un hombre gris de mediana estatura, con los hombros caídos, pancita redonda y cierto aire intelectual, que, en el sueño, me hace pensar en Allen Ginsberg. Tiene ojos verdes claros y unas orejas grandes de tazón. Lee un periódico en voz alta; es una voz gangosa, flemática. (Debo escuchar los casetes que grabamos durante las negociaciones del secuestro; esa voz podría ser la del negociador, pienso al despertar.)

Mónica vuelve a llamarme por teléfono. Confirmo mis planes de viaje a Italia la semana próxima. Irá a recogerme ella al aeropuerto de Pisa con la propietaria del apartamento donde vive.

Difícil visualización y lectura, en mi computadora portátil, de los CD con las *Memorias de Labores de la Policía Nacional,* que he traído conmigo. Hasta ahora no he podido encontrar los informes sobre el Gabinete de Identificación elaborados por Benedicto Tun.

Sorpresa. En la portada de las *Memorias* de 1964, en lugar de la cubierta habitual, sobria, sin dibujos, un pequeño hallazgo gráfico. La representación en perspectiva, con un solo punto de fuga, de un volumen de gran formato, yacente. En el margen inferior del volumen, unas esposas de policía. Por encima del libro, cerniéndose sobre él, un murciélago con las alas extendidas. La leyenda «Memoria de Labores» en caracteres góticos; el efecto, siniestro.

Lo muestro a Miquel y veo con satisfacción que da un ligero salto de asombro.

—Hombre, eso hasta da un poco de miedo. —Se inclina hacia la pantalla—. Ese murciélago está hecho con amor.

—Sí. Hay quienes aman su trabajo —le digo.

Lunes.

Antes de levantarme de la cama, lectura del *Stendhal* de Zweig.

Otro día esplendoroso, con un poco menos de calor que ayer.

Revelación en la ducha: no es tan molesta la impresión que me causa la erudición de los otros —la de Miquel, la de Guillermo, la de Homero— en sus diferentes «campos del saber» como la conciencia de la inmensidad de mi propia ignorancia generalizada, cuyos horizontes, a medida que voy adquiriendo nuevos conocimientos, o atisbos de conocimientos, parecen más extensos cada día.

Martes.

Al abrir los ojos «la borra de mis sueños se perdió».

Por la noche, mientras me revolvía en la cama con dificultad para dormir, pensé en los CD del Archivo, que creo que llegaron a mis manos gracias a Galíndez. He encontrado copia de varios expedientes posteriores a 1970 —que yo no debería ver. Cuando le enseñaba a Miquel la imagen del murciélago, mencioné esto.

—Esos documentos —le dije— prefiero ni siquiera abrirlos.

—Pero ¿por qué no? —replica—. Tal vez te los han dado porque quieren que los veas.

Ayer cené con Gustavo Guerrero, el editor de Gallimard. Me propone que escriba algo para la *Nouvelle Revue Française* sobre el *Borges* de Bioy, que me parece un libro secretamente complejo, único, magnífico. Esto, a raíz de nuestra conversación sobre un artículo que salió hace unos días en *El Mun-*

do, donde se pone en duda la integridad de Bioy y la de los editores del libro: «Recordemos —dice— que Bioy no quiso nunca publicar esos diarios, y hoy se editan de la mano de otros, que pueden haber manipulado o no las malicias privadas del escritor».

Sueño de infracción de tránsito. Por equivocación, conduzco en sentido contrario frente al cuartel de la Guardia de Honor, en la Avenida La Reforma. Dos soldados que están a la puerta me apuntan con fusiles viejos. Temo que disparen, pero me permiten dar la vuelta y alejarme.

Miércoles.

Anoche cené con Marcos Cisneros, el editor colombiano amigo de Homero. Me parece que aún no ha leído el *Borges* de Bioy, aunque durante nuestra conversación telefónica por la tarde me dijo que le parecía «un libro excelente».

Regreso tarde, bastante borracho. Llamo a B+ varias veces; no la encuentro.

Despierto con malestar; no recuerdo ningún sueño.

A mediodía, Miquel me habla del elefante de bronce que forma parte de la exposición que inaugura el sábado próximo. Es un elefante joven que, las patas al aire, se balancea apoyado en la punta de la trompa. Es una pieza «cómica», de unos cuatro metros de altura y unos mil quinientos kilos de peso. A última hora el marchante de Miquel en París, Yvon Lambert, no quiere exponerla en su galería, por temor a que el suelo no resista tanto peso. Además, la aseguradora se niega a cubrir los riesgos. Miquel decide ir a la galería, para proponer alguna solución. Lo acompaño.

YL recibe en su despacho a Miquel, que lo saluda efusivamente. Sin embargo, durante la visita se dedica a insultarlo, sin que YL se dé por aludido.

—Ésta era una bonita galería —le dice Miquel a YL—, pero parece que cada año se hace más pequeña. ¿Has movido los tabiques?

YL lo reconoce, ha reducido el espacio del salón principal para agregar un cuarto. Para cambiar de tema, YL pregunta a Miquel por una de sus amigas, que vivió en París y ahora vive en España.

—¿Qué —le dice Miquel—, ahora te interesan las chicas?

La asistente de YL muestra a Miquel un ejemplar del catálogo de su exposición, que acaba de recibir de la imprenta. La reproducción de colores deja algo que desear. Pero Miquel se fija en el nuevo logo de la galería, que aparece en la portada.

—Está bien —dice—, recuerda el de un diseñador de camisas.

Y así hasta que nos despedimos, y el humor de YL ya no parece tan bueno como al principio.

A la tarde, viaje a Italia.

Jueves. En Lucca.

Fueron a buscarme al aeropuerto, que está a unos cuarenta minutos de Lucca, Mónica y la pareja luquesa —el señor Rino y la señora Angela— que le alquila el apartamento donde se ha instalado con sus hijos. Es una pareja mayor. Al salir del estacionamiento, el señor, que conduce un Mercedes Benz compacto, tiene dificultades para pagar el billete electrónico, y le dice a su mujer: *«Ma cosa vuoi?, sono un vecchietto»*.

Nos perdemos en el camino. Paramos a pedir indicaciones en un restaurante que resulta muy agradable, y decidimos cenar allí —son las nueve y media de la noche. Durante la cena me entero de que el señor Rino, de sesenta y seis años, está jubilado. Era sastre. Angela, su esposa, trata a Mónica muy cariñosamente. Me parece que ha prolongado en ella su vocación de madre italiana —tiene una hija ya casada, ausente.

Ambos demuestran una ignorancia enorme acerca del mundo en general, una ignorancia parecida a la que encontré hace unos quince años en nuestros parientes italianos de Piamonte —tíos abuelos, primos en segundo grado. Al oírnos hablar en español a Mónica y a mí, el señor Rino expresa asombro.

—*La vostra lingua è veramente una lingua latina,* —dice.

Le explico que el «guatemalteco» es, salvo el acento y algunos regionalismos, la misma lengua que el español.

—Pero ustedes —dice— no son españoles. Los españoles mataron a tantos indios y cometieron tantas barbaridades.

—Sí —le digo—. Y llevaron el español a América. Nosotros somos herederos de esos españoles, en parte al menos.

—¿Cómo? —exclama, un poco sorprendido.

—Es claro —le digo—. Nosotros (miro a Mónica, para ponerla de ejemplo) no somos mayas, ¿eh? Tenemos algo de mayas, pero nuestros nombres son europeos, y tenemos sangre italiana por parte de padre. Pero también somos descendientes de los conquistadores. ¡Somos también los malos! —me río.

La señora Angela y el señor Rino parecen consternados.

Llegamos a Lucca a medianoche. El apartamento de Mónica es pequeño pero cómodo. Los niños parecen contentos. Los dos mayores han obtenido becas para una escuela de estudios superiores, y ya les han ofrecido empleo. Los pequeños aprenden el italiano.

Por la mañana descubro, desde la ventana del comedor, una agradable vista sobre un amplio jardín medieval con grandes árboles, donde pájaros de patas amarillas revolotean por encima del follaje oscuro.

Viernes.

Anoche, sueño con cocaína, con Carter Coleman, Bret Easton Ellis, Alejandro D —mi viejo amigo cobanero— y JL. Una sustancia transparente que al tocar la palma de mi mano se convierte en pequeños cubos de hielo. Conversación banal con Alejandro (sobre algo que pasó en Cobán). Parece un poco angustiado. Dice que ya no quiere droga y sin embargo la toma en abundancia.

Después de almuerzo, durante un paseo por las murallas que circundan Lucca, hablo con Mauro, el hijo mayor de Mónica, sobre Guatemala. Mauro está interesado en saber cómo están las cosas allá. Le cuento el caso de los diputados salvadoreños y sus asesinos policías, luego hablamos del escándalo en el Ministerio de Educación (por el traslado ilícito de fondos de éste al Ministerio de Obras Públicas para la construcción de un nuevo aeropuerto), de la candidatura a la presidencia de Rigoberta Menchú. Mauro hace una serie de preguntas acerca de cómo podría cambiar para mejor un país como Guatemala. Llegamos a la conclusión de que, milagros aparte, no hay nada bueno que esperar, salvo tal vez una revolución moral (improbable) o la intervención por parte de una potencia superior.

—¿Como la de Estados Unidos en Irak? —pregunta Mauro, y nos reímos.

Le digo que las cosas seguramente van a empeorar mucho antes de que mejoren. Le digo que tal vez no hay que pensar en cómo cambiar las cosas, sino en cómo alejarse de todo eso. Que su destino no está forzosamente allá, que tal vez debería pensar en la posibilidad de vivir en otro país.

—A mí me gustaría regresar —me contesta.

—¿Por qué no estudiás ciencias políticas? —pregunto, no sin ironía.

Mueve dubitativamente la cabeza. No responde.

Le hablo de Haití —«convertido prácticamente en cementerio», como decía hace poco un columnista español.

—Así podría terminar Guatemala, si las cosas no cambian —le digo.

Mauro pudo bien preguntar por qué yo volví a instalarme en Guatemala, lo que sería difícil de explicar, pero no lo preguntó.

A la tarde viajo de vuelta a París.

Sábado, *chez* Miquel en París.

Joubert, citado por Du Bos: *La bonhomie est une perfection.*

Homero, que había quedado en llamarme anoche para que cenáramos (mañana temprano regresa a Montreal), no llamó.

En casa de Miquel, con su hija Marcela, vemos tarde por la noche *Short-Cuts* de Altman.

Domingo.

La exposición de Miquel, ayer por la tarde, un éxito. El joven elefante de bronce ha sido expuesto en un patio adoquinado que da a la calle, en un palacete privado de un amigo de Miquel, muy cerca de la galería de YL. La trompa rectilínea sobre la que se equilibra, las patas extendidas al aire y la colita apuntando al cielo, hacen exclamar y sonreír a la gente. En la galería, despliegue de grandes lienzos con cráneos descomunales rodeados de cerillas consumidas, conchas abiertas y caracoles que se secan al sol —naturalezas muertas, *memento mori* y *vanitas,* que al mismo tiempo evocan la tradición de la que provienen y se alejan alegremente de ella.

Por la noche, cena en Maxim's. Hablo un rato con Castor Siebel, crítico de arte octogenario, viejo amigo de Miquel. Me sorprende su buena memoria; recuerda mi nombre completo y la única vez que nos encontramos antes, hace unos diez años, con Miquel, en una *brasserie.* Me pregunta dónde vivo ahora. «¿Y no te sientes amenazado —me dice luego—, viviendo en Guatemala?» Le digo que decir que sí sería una exageración, pero que negarlo sería faltar a la verdad.

Leo los primeros capítulos del *Fouché* («inventor de la policía política») de Zweig, recomendado por Miquel —y a quien Tun cita con frecuencia en las *Memorias de Labores.*

Por la tarde, Miquel me muestra, en su estudio, los experimentos que hace con materiales y pintura para su proyecto de cúpula para el Palacio de las Naciones Unidas en Ginebra —un paisaje marino de unos mil metros cuadrados de superficie. «Es una bóveda enorme —dice—, como una plaza de toros al revés.» Me muestra también experimentos para una escenografía que tal vez hará próximamente para Peter Brook. Son una especie de almohadones hechos con bolas de papel periódico pegadas con un poco de cola diluida sobre hojas ondulantes. Vistos de perfil, recuerdan el corte transversal de un músculo plano de fibra estriada, o el de una hoja de nopal. «Esto —me dice— podría servir para hacer camas y otros muebles, y tal vez hasta casas para gente pobre.» Pienso en enseñar la técnica a Pía al regresar a Guatemala.

Casi de madrugada, a la vuelta de la fiesta en Maxim's, llamo a B+. Me riñe al darse cuenta de la hora que es en París, y de que estoy «demasiado alegre». Le digo que exagera. Quedamos, al final, en que irá a buscarme al aeropuerto el martes. El vuelo, le digo, llegará casi a medianoche. Protesta por la hora, pero me asegura que irá.

Leo a De Quincey: *Ensayos sobre la retórica, el lenguaje y el estilo,* y por él llego a Salvator Rosa, el «pintor bandido y autor satírico del siglo XVII» (¿posible antepasado nuestro?) y consentido de los románticos ingleses, que escribió: *Nuestra riqueza ha de ser espiritual, y debemos contentarnos con dar pequeños sorbos, mientras otros se atragantan en la prosperidad.*

Lunes.

Anoche vimos con Miquel *Notes from the Underground,* una curiosa e interesante adaptación del relato de Dostoievski, trasplantado a Los Ángeles. Hablamos una vez más del proyecto de expedición a El Golea (Argelia), para buscar el *blockhouse* con los frescos de François Augiéras.

Sueño con un experimento de «bloques Barceló». En el sueño, Pía y yo levantamos una gran pirámide en un terreno baldío en la ciudad de Guatemala, adonde viajo mañana.

Martes. Siete y media de la mañana (antes de salir hacia el aeropuerto).

Ayer, Guillermo Escalón me llevó a visitar a Jacobo Rodríguez Padilla, un artista guatemalteco de ochenta y cinco años exiliado en París desde los cincuenta, a raíz de la caída de Arbenz y el Gobierno de la Revolución. Estudio-apartamento diminuto —la antítesis, podría decirse, del estudio de Miquel. Tiene algunas telas muy curiosas, entre surrealistas y *naïves*. Una paleta vaga, que se permite todos los colores casi de cualquier manera. Nos mostró varias esculturas muy pequeñas que me gustaron mucho —sobre todo una, en alabastro, que me hizo pensar en una pieza china antigua. El artista es menudo, delgadísimo, con un aspecto de gran fragilidad, lo que se dice «un pajarito». Me dice que Guillermo le ha hablado del proyecto del Archivo en que estoy embarcado. Jacobo hace varias preguntas. Le hablo del Gabinete de Identificación. Inmediatamente menciona a Benedicto Tun.

—No sería pariente de Francisco Tun, el pintor, ¿o sí? —dice jocosamente, y luego en serio—: Se le temía al hombre. Sabía mucho. Se le consideraba un técnico, o un científico, más que un policía. Pero no estábamos seguros de que fuera conveniente conservar a un elemento así en su puesto, después de la Revolución. De todas formas, ahí se quedó.

Más tarde, después de dejar el estudio, mientras caminamos hacia Le Prosper, Guillermo me cuenta que la hermana de Jacobo fue muerta por el ejército guatemalteco.

—Él no logra quitarse la culpa por eso —me explica Guillermo—. Una vez me dijo: «Imagínese. Yo la metí en todo eso. La llevé al partido, y apenas un mes más tarde la agarraron».

Guillermo me sigue contando que la muchacha tenía cuatro o cinco hijos, y que su esposo, que se había exiliado también en París, se suicidó poco después.

—Estaba loco —me dice Guillermo—. ¿Sabés cómo se mató? Se tiró desde lo alto de una copia del monte Everest en cartón piedra que hay en un zoológico en las afueras de París. ¿Podés creerlo?

Miércoles por la mañana, en Guatemala.

B+ fue a recogerme al aeropuerto, se quedó a dormir. Todo muy bien.

Escucho los mensajes en el contestador. Llamadas del banco, por movimientos en mi tarjeta de crédito y algún depósito de la agencia literaria. Otra de Lucía Morán, a quien creo que no le conté que viajaría. Y otra de una empresa con la oferta de un servicio funerario a domicilio.

Por la tarde.

Recojo a Pía a mediodía en el colegio. Mientras espero a que termine la lección de violín, su maestra de grado —que hace meses me pidió que fuera a contar una historia o una fábula a la clase— me dice que está muy preocupada porque cree que de algún tiempo a esta parte está siendo vigilada. La maestra, una señora en sus cincuenta, es pelirroja, de formas voluptuosas, un poco extravagante y sin duda, para su edad, atractiva. «Tiene algo de angelical», me dijo un día el padre de otra de sus alumnas, y yo estuve de acuerdo. Es de natural dulce, aunque algo nerviosa; tiene el curioso tic de cubrirse la boca con una mano mientras habla.

—Dos tipos se ponen en su carro frente a mi casa casi todas las mañanas. Cuando los miro, se vuelven y hacen cualquier cosa, como jugar con sus celulares o mirar un periódico o una revista. Ahora tengo que cambiar de ruta todos los días para venir al colegio, hasta donde es posible, claro —se ríe con su risa nerviosa.

Le digo que creo que hace bien (aunque sus perseguidores sean imaginarios).

Jueves.

Noche de mucho calor, sin sueños.

Llamo por la mañana a Benedicto Tun. Me dice que ha reunido más material sobre su padre. Quedo en llamarlo el miércoles que viene para concertar otra entrevista.

Llamo al jefe del Proyecto de Recuperación del Archivo. Contesta su celular una mujer; me dice que él está de viaje, no vuelve hasta el sábado.

Almuerzo en casa de Magalí; su hija Alani celebra su décimo séptimo cumpleaños. Comento con María Marta y con Alejandra, la hija menor de Magalí, la llamada que recibí de la empresa funeraria. María Marta dice, como para minimizar la insinuación de amenaza que pudo haber en eso, que a ella la llamaron unos días atrás para hacerle la misma oferta.

—Vaya —le contesto—, entonces me estoy dejando llevar por mi imaginación. Tal vez no era una amenaza.

—Tal vez —dice Alejandra—. O tal vez quieren amenazarlos a los dos, o a toda la familia. Lo que es a mí, en cambio, que no tengo su apellido, ni las funerarias me llaman, ni nadie se molesta en amenazarme. Es triste mi caso —se ríe.

Viernes.

Ayer, al volver al apartamento con Pía, después de ir al supermercado a hacer la compra para el fin de semana, mientras ella se entretenía con los vestiditos, libros y rompecabezas que le traje de París, se me ocurrió devolver la llamada al número de la supuesta funeraria. No hubo respuesta.

Un poco más tarde, sonó el teléfono. Al principio, no se oyó nada. Luego, una risita como de vieja, que sólo puedo calificar de maligna. El número, «no identificado». De pronto, siento un ataque de náuseas, corro al cuarto de baño. Pía, que viene detrás de mí, se asusta al verme, arqueado como estoy sobre la taza del inodoro, vomitando.

—¿Qué te pasa? —pregunta, a punto de ponerse a llorar.

Le digo que tal vez algo que comí en el almuerzo me hizo mal.

Me siento muy débil. Me acuesto un momento en el diván hechizo de la sala. Luego me levanto para servirle a Pía un poco de cereal, y yo tomo un vaso de yogur. Nos metemos en la cama y me duermo inmediatamente.

Amanezco con fiebre, con dolor en todo el cuerpo. Llamo a la abuela materna de Pía (su madre está de viaje). Le explico que estoy enfermo, que no podré llevar a Pía al colegio. La señora viene a recogerla un poco más tarde. A mediodía, B+ me trae antipiréticos, analgésicos y varias botellas de agua.

Debo averiguar a quién corresponde el número que marqué ayer por la tarde, aunque supongo que será un teléfono público.

Sábado.

Lectura de *Fouché.* Por la tarde, ya sin malestar y sin fiebre, paso por Pía a casa de su abuela, vamos a visitar a mis padres. De noche, un poco de dolor en el abdomen y la espalda.

Increíble periodo, ominoso y homicida, en que el Universo se transforma en un lugar peligroso. Zweig.

Pienso en la construcción con «bloques Barceló» de un refugio-laberinto que también podría servir de alegoría.

Domingo.

Despierto a las seis. Intranquilo. Inconforme. Estoy curado.

Es una mañana gris. Se oyen los gritos y llamadas de los pájaros de siempre, que suben desde el barranco al que da la ventana de mi cuarto.

Anoche traje de casa de mis padres un montón de periódicos, para revisar las noticias de los días en que estuve ausente. Triste pasatiempo. ¿Pero en qué otro país podría vivir yo ahora?, me pregunto. Pienso en los burgueses condenados en tiempos de Fouché a «la guillotina seca», como llamaban al exilio en lugares como

Guyana —¿o Guatemala? Pero la idea de emigrar de nuevo —¿a los Estados Unidos, a Europa, a México, a Argentina, o aun al África?— no me parece razonable, todavía. Es decir, no me siento suficientemente amenazado para emprender la fuga. Mientras tanto, sigo ojeando las noticias.

Me propongo, en lugar de tirar a la basura los periódicos, usarlos para hacer con Pía ensayos de construcción de «bloques Barceló». Quién sabe, tal vez por ahí encontremos un camino, una salida, o al menos una distracción duradera: construir casas para pobres, o casas de muñecas, pirámides o murallas, laberintos de voluminosos y esponjosos bloques de papel periódico.

Por la tarde.

Al final de la mañana comenzó a soplar un viento norte fresco y seco. Ahora el tiempo es otro —plácido, con un cielo azul como en un día de diciembre.

En vez de ir al Tular como casi todos los domingos, pedí permiso a Magalí para hacer experimentos con los bloques de papel en el jardín de su casa.

En el rancho de Magalí dos peteneros, Danilo Dubón y su ayudante César, están reparando el techo de palma que los vientos de invierno han dañado. Danilo, a quien conocí en Petexbatún hace varios años, es un ebanista y constructor de una integridad y exquisitez extraordinarias. Ha emigrado a la capital en busca de empleo como maestro de obras, y en un año ha prosperado bastante; acaba de comprar un terreno en las afueras de la ciudad y comienza a levantar su casa.

Mientras él y César cambian las hojas de palma dañadas en lo alto del rancho, Pía me ayuda a arrugar hojas de diarios viejos —de entre las cuales ella salva algunas que, por el retrato de un bebé o una mascota, quiere conservar— y yo las pego con cola en hileras alternas sobre las hojas extendidas. En pocos minutos consumimos tres o cuatro diarios y tenemos el primer bloque, similar a los que vi en el estudio de Miquel en París, así que considero que el experimento ha sido un éxito.

Al final de la mañana, muestro los bloques que hemos hecho a Danilo y César, para someterlos a su juicio de constructores. Al verlos, se ríen. Danilo intenta comprimir un bloque entre las manos, el bloque resiste. Ahora parece que entrevén las posibilidades.

—Y de ese papel —me dice César— se consigue por todos lados.

—Podría funcionar —dice Danilo—. Tal vez con un poco de barniz encima, para eso de la lluvia, o el fuego.

Quinto cuaderno: pasta española

Algo que también entristece es hacer cosas que uno sabe que no dejarán ningún recuerdo.

BORGES citado por BIOY

Hace unos días me enteré de algo que no deja de hacerme gracia. En el Archivo tienen un apodo para mí: «el Matrix». Tengo que reconocer que en ese lugar me siento como *«un' oca in un clima d'aquile»*. ¿Es posible que mis hallazgos allí estuvieran dirigidos, es decir *previstos*?, me pregunto a veces. «Te dejan ver sólo lo que quieren que veás, ¿no? —me dijo un día B+—. ¿Entonces, qué podés esperar?».

Como en una parábola de Kafka, para ingresar en el polvoriento laberinto que es el Archivo de La Isla, bastó con pedir permiso. Dentro, cuarto oscuro y húmedo tras cuarto oscuro y húmedo, todos llenos de papeles con su pátina de excrementos de ratas y murciélagos; y, pululando por ahí, más de un centenar de héroes anónimos, uniformados con gabachas, protegidos con mascarillas y guantes de látex —y vigilados por policías, por círculos concéntricos de policías, policías integrantes de las mismas fuerzas represivas cuyos crímenes los archivistas investigan.

Lunes.

Largo y angustioso sueño de persecución policíaca —el perseguido soy yo. Dirige la cacería un personaje que supongo que mi subconsciente creó inspirado en el viejo Tun. Desconozco el motivo por el que me buscan. Me han dado una tregua, un plazo para que salga del país, y el plazo está por terminar. Consulto con varias personas —mi padre, Gonzalo Marroquín y un abogado de reputación dudosa—; todos me aconsejan que me vaya. Pienso en Pía. No quiero estar lejos de ella, digo. «Pero —replica Gonzalo— tampoco querés que tenga que ir a visitarte en la cárcel». Cita ejemplos de varias personas que conocemos que han ido a parar en la cárcel en los últimos días. Han sido capturadas por órdenes de Tun —me explica— y a pesar de ser gente influyente parece que no les será fácil recobrar la libertad. Pienso en esconderme, pero tengo poco tiempo para dar con el escondite ideal. De pronto, estoy corriendo escaleras arriba en una casa circular con techo cónico que tiene mucho del rancho de Petexbatún —maderamen magnífico, altísima techumbre de palma—, sólo que ésta tiene varios pisos y cuartos y es muy enredada. Unos policías me buscan en el piso inferior; yo ya estoy escondido cerca del vértice de palma. Los policías desisten y vuelven a salir. No me atrevo a moverme, aunque estoy en una posición imposible, con dolor en el cuello y la espalda. Después de un silencio que me parece muy largo, oigo que hay gente en el exterior. Reconozco la voz de mi madre, que habla con otras mujeres. Desciendo de mi escondite con dificultad. Salgo de la casa. Las mujeres, me doy cuenta, son un grupo de Madres Angustiadas. Me dicen que tengo que irme de ahí, que seguirán buscándome. No puedo quedarme en el país. El sueño, que recuerdo borrosamente después de ese momento, sigue por carreteras que atraviesan montañas, desfiladeros y barrancos. Me doy cuenta de que voy hacia Belice, pensando en cuánto tiempo pasará antes de que vuelva a ver a Pía.

Martes 1 de mayo.

Termino de leer el *Fouché* de Zweig.

La idea de ofrecerle mis «servicios» a la nueva ministra de Gobernación pasa inesperadamente por mi cabeza.

Miércoles.

Noche sin sueños.

Ayer, excursión al Tular con Pía. Fabricamos más «bloques Barceló». Le digo a Pía que vamos a hacer una casa de muñecas con estos bloques. «¿Una casa donde yo quepa?», me pregunta. Le aseguro que así será. Por la tarde paseamos a caballo por el bosque viejo y nadamos en la piscina.

No vi a B+ ayer; otro pequeño disgusto. Me manda un mensaje de texto, a eso de las seis de la mañana, para quejarse de lo que llama «mi horrible orgullo».

Intenso dolor lumbar.

Leo las *Memorias* de Voltaire, que apenas había hojeado en París. En las primeras páginas, cuenta cómo el rey Federico Guillermo de Prusia quiso (pero no pudo) hacer cortar la cabeza a su hijo y heredero Federico, que quería dejar el reino para correr mundo. *Parece* —dice Voltaire a modo de conclusión— *que ni las leyes divinas ni las humanas expresan claramente que un joven deba ser decapitado por haber tenido el deseo de viajar.*

Diez y cuarto.

Llamo a Benedicto Tun. Hacemos cita para mañana a las diez en su despacho. Tiene —me dice— dos dictámenes importantes que hizo su padre y que quiere enseñarme. Le digo que, durante mi visita anterior, vi que al lado de su despacho estaba el de Arturo Rodríguez, militar de izquierda protagonista de un intento de golpe de Estado contra otro militar, Miguel Ydígoras Fuentes, durante cuyo Gobierno comenzó la primera gran ola represiva de los años sesenta. Le pregunto si su padre y Rodríguez fueron amigos. Dice que no, que él, en cambio, tiene cierta amistad con Rodríguez y que, si quiero, más adelante puede presentármelo. Cuidadosamente, saca una foto de un cajón para enseñármela: se trata del bautizo del hijo mayor de Miguel Ángel Asturias, Rodrigo, futuro jefe de la Organización del Pueblo en Armas (ORPA) y la Unión Revolucionaria Guatemalteca (URNG). Lo bautiza monseñor Rossell y Arellano, que unos años más tarde sería arzobispo de Guatemala. El padrino es Ydígoras Fuentes, ni más ni menos. Le pregunto dónde la obtuvo. Dice que la encontró entre los papeles de su padre.

Llamo al jefe; está en una reunión —me dice— y me llamará más tarde.

Jueves.

Anoche, gran borrachera.

Por la tarde había tenido otro disgusto telefónico con B+. Llamé a JL. Fuimos a cenar a un restaurante italiano, y luego al bar El Establo. Después, yo solo, a un burdel. Estuve tocándole los pechos, muy grandes pero firmes, naturales, a una «sexoservidora» gorda y divertida que tenía en varios sitios —cara, hombro, pecho izquierdo— lunares grandes como frijoles. Volví muy tarde a casa.

A media mañana llamo a Tun para aplazar hasta el lunes nuestra cita. Bochorno.

Viernes.

Sin noticias del jefe. Reconciliación —después de tres largas conversaciones por teléfono— con B+.

Lectura de las *Memorias* de Voltaire.

Sábado.

Ceno con B+. Le hablo de mi idea de hacerme policía. Se ríe de mí. Insisto, le digo que hablo en serio.

—Pero si vos vivís fuera de la ley —me dice.

—Por eso, conozco bien el medio —le contesto.

—¿Y vas a andar con placa y uniforme?

—Sería agente secreto, qué te pasa.

B+ vuelve a reírse. Terminamos por hacer una apuesta. Si me convierto en policía, ella me concederá ciertos favores amatorios que me ha negado hasta ahora.

—¿Y de dónde viene la idea de hacerte policía? —me pregunta después.

—Podría servirme para lo que estoy escribiendo. Y ahora tengo un motivo más: ganar esa apuesta.

—No creo que llegués a tal extremo —me dice.

Contesto que no debe estar tan segura.

Cambia de tema y me recuerda que la semana que viene debo ir a la Universidad Francisco Marroquín, donde imparte clases de gramática y composición literaria, para dar una charla a sus alumnos, a los que ha hecho leer algunos de mis libros.

Por la tarde vamos a casa de sus padres en la costa del Pacífico.

Por la noche.

Camino de la costa, le decía a B+ que otra de las razones por las que pensaba en hacerme policía era que tal vez así podría seguir investigando libremente en La Isla, ya que no puedo hacerlo en el Archivo. Y también, seguí medio en broma, así podría contribuir de manera positiva en la lucha contra el crimen en el país.

—¿Querés convertirte en héroe nacional? —se rió B+.

Me reí también y contesté:

—No exactamente. Pero hay que ampliar las miras. Creo que sería un policía subversivo.

—Creo que ese libro, *Fouché,* es el que te ha influido.

Le dije que en parte tenía razón.

Acabamos de llegar al apartamento de sus padres, en un condominio de lujo frente a la playa, que recuerda un poco el *lifestyle* de los centroamericanos adinerados en Miami. Pero en este día gris y bochornoso se agradece el aire acondicionado, el ascensor: la comodidad americana.

Hace un rato B+ me pidió que le diera un masaje; le duele mucho —dice— la espalda. Vuelvo a fantasear con la idea de convertirme en policía. Pero es claro que sólo pensar en formar parte de las «fuerzas del orden» me repugna.

Tal vez la idea de hacerme policía provenga menos del influjo de Fouché que de una decadencia moral que en mi caso ha venido, creo, más con la edad que con el estudio o la experiencia. ¿Dónde está el saber o el conocimiento de sí mismo que generalmente viene con la vejez?

Había abandonado mis Memorias, *pero muchas cosas que me parecieron novedosas o divertidas me hicieron volver al ridículo de hablar de mí mismo conmigo mismo* —escribe Voltaire hacia el final de su libro—. *Casi me avergüenzo de ser feliz viendo las tormentas desde el puerto.*

Ciudad de Guatemala.

Son las once de la noche. Cae una llovizna muy fina. Acabo de fumar un cigarrillo de marihuana y escucho música de Ravel, mientras reviso mi correo electrónico. Suena el teléfono. Levanto. «No vayás a alborotar el hormiguero», dice alguien. Luego el clic, la línea muerta.

Lunes.

El sueño recurrente con Paul, que, aunque muy viejo y enfermo, sigue vivo en Tánger. Quiero ir a verlo, pero se presentan complicaciones de tiempo. Todavía soy estudiante (como en otros sueños recurrentes, pero que nunca antes estuvieron relacionados con el tema de Paul redivivo). Estoy cursando mi último año de bachillerato en el Liceo Javier —que había dejado inconcluso— y tengo exámenes finales. Otra complicación: está Pía, de quien no quiero separarme demasiado tiempo, y ya tengo programados viajes a Rusia y Japón (que corresponden a mis actuales planes de vigilia). Cambio, decido ir a Tánger. Me preocupa que Paul no haya contestado a mis últimas cartas, en las que le pregunto si necesita dinero —el dinero que generan los derechos de sus libros. ¿Y si contestara que sí, que lo necesita —me pregunto en el sueño—, no tendría que devolverle el dinero que he cobrado por esos derechos y que ya he gastado? Pero mientras pienso en todo esto, y mientras me pongo el uniforme escolar de pantalones grises, camisa blanca y chaqueta vino tinto para ir al colegio a tomar los exámenes, me doy cuenta de que la razón por la que quiero ir a Tánger es que me gustaría dar a leer a Paul esto que escribo. Reflexiono: Paul está casi ciego, no podrá leer nada. Pero puedo contarle lo que estoy haciendo, leerle fragmentos del texto, a ver qué opina. De pronto, tengo en mis manos un volumen de las obras completas de Paul, donde encuentro una serie de artículos y ensayos que no había leído, de cuya existencia no estaba enterado. Hay uno, muy extenso, sobre Alta Verapaz, otros de viajes por Centroamérica y el África tropical ilustrados con fotos a colores. Me llama la atención uno titulado «Música». Aparentemente lo he traducido yo mismo. Leo en voz alta la primera oración: *La música es la organización más sónica de los sonidos.* Una voz de mujer (¿Alexandra?) pregunta: «¿Masónica?», y se ríe. Me dice que no le suena muy bien la traducción. Reviso el original en inglés, y compruebo que la primera oración es mucho más larga y complicada. Sigo leyendo el ensayo, que consiste en una serie de definiciones hechas por compositores e intérpretes famosos de la palabra «música». Hay algo rimbombante y alambicado en la mayoría de las definiciones, en la fraseología, y cada una está acompañada con una foto de su autor; pero casi todos aparecen enmascarados o llevan disfraces o pelucas, lo que quita pomposidad a la composición y la convierte en cómica.

Despierto con sed. Todavía es de noche. Me levanto para ir a beber agua —voy pensando en una casita en el Boulevard Pasteur de Tánger, no muy lejos del apartamento de Paul, donde tal vez podría alojarme si logro volver— y no es hasta que enciendo la luz de la cocina cuando caigo en la cuenta de que Paul murió hace más de ocho años. Mientras el agua cae del sifón a una tacita de hojalata de Madrás, recuerdo repentinamente el momento en que besé su frente ya fría en la morgue de Tánger.

Martes.

Larga entrevista con Benedicto Tun —la que tuve que interrumpir (casi tres horas después de comenzada) para ir a la universidad a dar la charla a los estudiantes de B+.

A modo de introducción y apología por ciertos retrasos y aplazamientos de entrevistas en el pasado, Tun me explica que su trabajo rutinario actualmente consiste en analizar firmas y huellas dactilares en varias clases de documentos, particularmente para el Registro de la Propiedad, los Tribunales de Cuentas, y varios bancos, pues los casos de fraude han proliferado dramáticamente en los últimos años.

Me deja examinar una copia del dictamen de su padre sobre el caso de una joven francesa que participó en el secuestro del embajador de los Estados Unidos Gordon Mein en 1968. Me enseña fotos de la joven, que colaboró en el secuestro del embajador alquilando a su nombre el auto de Avis que usaron para dar el golpe, y que luego, al verse acorralada por la policía, antes de que la arrestaran, se dio un tiro de pistola en el paladar.

Me permite ojear la copia de una carta no fechada (pero que probablemente es de los años setenta) dirigida al presidente de la República por vecinos de las zonas 9 y 10 —en la que mencionan que han consultado con Tun, recién retirado—, solicitando la mejora y modernización del Gabinete mediante la instalación de una «máquina IBM» para analizar los datos de los ladrones que operan en esos sectores residenciales, máquina que los vecinos proponen financiar «de la manera más desinteresada, para el mejoramiento del servicio policial, como colaboración patriótica para el bienestar colectivo».

Del despacho contiguo al de Tun sale un anciano y, al verlo pasar, Benedicto se levanta para llamarlo. Es el licenciado Rodríguez. Benedicto me lo presenta y le explica que me gustaría hacerle algunas preguntas. El anciano dice que no está muy bien de salud, pero ofrece darme una entrevista unos días más tarde, cuando haya terminado el tratamiento médico que recibe actualmente y que le causa algunas molestias.

Le pido a Benedicto que me hable acerca del problema que tuvo su padre a raíz del dictamen que emitió sobre el suicidio de Mario Méndez Montenegro.

—Fue durante el gobierno de su hermano Julio César cuando lo detuvieron a mi padre. Yo mismo fui a sacarlo. Pero antes voy a contarle algo que pasó unos años antes, porque creo que no hice más que devolverle un favor. Yo tenía amigos en la izquierda, lo que en ese tiempo era casi un delito, ¿no? Nunca formé parte de ninguna organización subversiva, aunque mis amigos querían convencerme y asistí a algunas reuniones, que eran clandestinas, por supuesto. Volviendo de una de éstas una noche poco después del golpe de Estado de 1963, un amigo y yo fuimos detenidos. En un *jeep* con placas oficiales nos llevaron a lo que entonces era el Primer Cuerpo de la Policía, y donde había un lugar que usted recordará que le decían la Tigrera, donde tenían a los presos políticos.

»Uno de los policías que nos interrogaban en una especie de oficina me dio un golpe en la cara con una cachiporra de hule, de esas que tenían dentro unas pelotitas de acero. El golpe me causó una hemorragia de nariz. Por instinto, me defendí; le arranqué de la mano la cachiporra al policía. Entonces, él pidió a sus colegas que le ayudaran a quitármela. Pero no le hicieron caso. Le dijeron: "A vos te la quitó, ahora quitásela vos". Querían que peleáramos. Yo me preparé, levanté la cachiporra, sin pensar, desde luego. El policía, que no quería arriesgarse a recibir un golpe, no insistió, y se limitó a sacar la pistola y a arrearnos a mí y a mi amigo hasta la cárcel colectiva, la famosa Tigrera. Ahí, alguien me aconsejó que devolviera el arma al policía, porque después la broma me podría costar cara. Le hice caso, por supuesto. Y fíjese, recuerdo que antes de tirar la cachiporra por entre las rejas de hierro vi que en el mango estaba escrito, en inglés, claro: Propiedad del Gobierno de los Estados Unidos —me dice Benedicto, y sonríe—. Allí —me sigue contando— conocí al hermano del famoso "Pepe" Lobo Dubón, Roberto, que en paz descanse, con quien conversé un buen rato. Él murió poco después, como usted tal vez sabe. Se agarró a tiros con un militar en un bar llamado el Martita. Era muy valiente, de eso no cabe duda. En fin, teníamos a la vista a un joven que acababan de torturar, con la cara deformada y equimosis por todos lados, que estaba tirado en un rincón, posiblemente moribundo.

»Varias horas más tarde, un guardia me llamó en voz alta por mi nombre. Lobo Dubón me advirtió que si me sacaban a esas horas de la noche era posible que pensaran matarme. Me dijo que fuera fuerte. Yo salí creyendo que ahí acababa todo, pero lo que pasó fue que alguien le había contado a mi padre que me tenían preso, y él llegó a sacarme. Desde luego, no iba a dejar ahí a mi amigo, y mi padre y yo exigimos que lo soltaran. Cuando vieron que nos dejaban ir, otros presos nos pidieron que planteáramos recursos de amparo para ellos. Gritaban sus nombres desde la Tigrera, y yo comencé a apuntarlos en la palma de mi mano con una pluma Parker que tenía entonces y que estimaba mucho porque era regalo de mi padre. Pero un policía me la arrebató y la partió en dos.

Benedicto tiene que devolver una llamada telefónica que recibió hace unos minutos en su celular. Se disculpa, y después de conversar un rato vuelve a sentarse a mi lado en el sillón de cuerina blanca. Le pido que me hable del arresto de su padre.

—Una tarde —comienza— en abril de 1967 alguien me avisó por teléfono que mi padre estaba detenido. «Lo tienen en el cuartel del Primer Cuerpo. Ya pidieron comida de preso para él», me dijeron, y lo recuerdo muy bien, porque así me di cuenta de que la cosa iba en serio. Hablé con varios amigos y conocidos de mi padre y del ministro de Gobernación de aquel tiempo, para pedir explicaciones, pero sin éxito. En las altas esferas políticas, policíacas y militares, al parecer, ignoraban el caso. Luego decidí hablar con un joven de dinero y con influencias en el Gobierno. Me debía un par de favores, y accedió a echarme una mano. Obtuvo para mí una entrevista con un alto mando militar. Me recibieron tres hombres en una «casa oscura» (ya era de noche para entonces) aquí en el centro de la ciudad. En estos casos, lo recibían a uno con todas las luces apagadas, para que no pudiera ver las caras de quienes le hablaban. Sólo logré averiguar que se trataba de un asunto de nivel bajo, o un asunto de política que no tenía que ver con el Gobierno, pues de ser así lo sabrían en el ejército. Llamé entonces a Rodríguez, y decidimos ir directamente al cuartel, pero no juntos, sino uno detrás del otro, para que no fueran a arrestarnos a los dos al mismo tiempo. Sincronizamos nuestros relojes; eran ya casi las once de la noche. Logré pasar por la primera puerta del cuartel sin que me detuvieran. No les dio tiempo para reaccionar, supongo. En el estacionamiento vi, en un carrazo, a un familiar del presidente, que ya se iba. Subí al segundo piso y fui hasta el departamento de la Interpol, que estaba al final del corredor, y donde había luz. Ahí tenían a mi padre, bajo interrogatorio. Parecía desorientado, como si no se hubiera dado cuenta todavía de que estaba detenido. «Estoy trabajando con estos señores», me dijo.

Estaban revisando el dictamen sobre el suicidio de Mario Méndez, el hermano del presidente. Querían que mi padre informara que había sido asesinado. Pretendían hacer de él un héroe, un mártir.

Yo le dije a mi padre que se levantara, que había ido por él. Lo agarré del brazo y lo saqué de allí. Al salir al corredor oí que Rodríguez discutía con los guardias que estaban a la puerta. Les explicaba que, además de abogado, era oficial del ejército. Cuando le dejaron pasar vino a nuestro encuentro, y luego salimos a la calle los tres sin más dificultad. Camino de casa le conté a mi padre cómo me habían avisado que estaba detenido y que hasta habían pedido comida de preso para él. No quería creerlo, pero esa misma noche redactamos su carta de renuncia. El presidente, como ya le dije, no la aceptó.

Con cierto recelo, le digo que, para hacer el retrato de su padre, me gustaría conocer algún rasgo personal.

—Ah —me dice—, la personalidad de mi padre.

—Sí. Por ejemplo, qué libros le gustaba leer. A juzgar por cómo escribía, supongo que leería bastante.

—Es verdad. Leía de todo —se sonríe—. Además de la criminología, la medicina forense y otras ciencias afines a su trabajo, le interesaba la filosofía y hasta lo oculto, lo esotérico, y en particular la quiromancia. —Benedicto se queda un rato mirándose la palma de la mano izquierda. Con el índice de la derecha se toca, creo, la línea de la cabeza, que tiene muy bien marcada—. Él creía... —dice; hace una pausa; su mente parece cambiar de rumbo—. Leía también historia —continúa—. Leyó mucho a Toynbee...

Me enseña una foto de los años sesenta. En un austero anfiteatro, Benedicto padre está de pie, en traje formal, frente a un podio. Dicta una conferencia en la Academia de la Policía, me explica el hijo. Tiene un rictus extraño, parece muy tenso, aun atormentado, y sus brazos están cruzados sobre el pecho en actitud defensiva —la actitud ante el público típica de los muy tímidos.

—Como puede ver —me dice el hijo—, era un hombre de una gran timidez. Era muy callado fuera, pero en casa hablaba recio y tenía mano de hierro.

Me cuenta, no sin muestras de cariño filial, que fue el menor de siete hermanos; explica que compartió con su padre pocos años como adulto.

—Tenía conflictos internos por su origen maya —me dice—. Usted sabe cómo eran las cosas, que han cambiado, aunque tal vez no hayan cambiado tanto en realidad. La discriminación racial persiste, ¿no?, aunque ahora es menos cruda que entonces.

Me cuenta que su padre fue el único hijo hombre (tenía tres hermanas) de una familia quiché de San Cristóbal Totonicapán. El padre era comerciante, y envió a su hijo a estudiar el bachillerato a la cabecera departamental de Quezaltenango. Al graduarse, viajó a la capital, donde comenzó la carrera de Derecho. Apenas iniciados los estudios, consiguió empleo como amanuense del general José María Letona, secretario y «hombre de confianza» de Manuel Estrada Cabrera, *el Señor Presidente.* Ese trabajo, que le permitió familiarizarse con las cosas de Estado (tenía excelente caligrafía, y el secretario le hacía copiar sus libros), le costó un disgusto con su padre, que no quería que fuera un simple empleado; había hecho esfuerzos económicos para mandarlo a estudiar en la capital con la esperanza de que siguiera una carrera universitaria.

—El abuelo, que fue alcalde de su pueblo en más de una ocasión, tenía un comercio cerca del de los Gutiérrez, imagínese —continúa—. Si mi padre se hubiera dedicado al negocio, tal vez habría llegado a ser un hombre rico, tal vez no tan rico como Juan Bautista Gutiérrez, de los Gutiérrez de Totonicapán, una de las familias más ricas, si no la más rica, de Centroamérica, ¿no? —Benedicto sonríe.

»Lo cierto es que siguió empleado en la Secretaría de la Presidencia. Le gustaba —dice el hijo— la vida de la capital, el traje europeo y todo lo que podía ofrecer esta ciudad a un joven universitario, aparte del sombrerito panamá de los jóvenes dandis de la época, que él nunca usó. No quiso regresar a San Cristóbal, y siguió como subsecretario hasta la caída de Estrada Cabrera. Como usted sabe, su propio secretario, el general Letona, atestiguó sobre la incapacidad mental del dictador ante la Asamblea Legislativa, que lo separó del cargo. Entonces, mi padre tuvo que huir a El Salvador. Más o menos un año más tarde volvió a Guatemala. Después de un breve encarcelamiento, fue absuelto y comenzó a trabajar en lo que luego sería el Gabinete de Identificación.

»El Gabinete —sigue contando Benedicto— lo absorbió completamente; era su esfera de poder. Le dedicó todo su tiempo, y en cambio tendía a descuidar a su familia —me dice, pero sin tono de queja, simplemente como un hecho más. Repite que era muy tímido y reservado fuera de casa, y que dentro podía ser muy severo.

»Lo pedía todo de sus hijos —dice el hijo menor, y sonríe— pero él no lo daba todo. Mi madre tenía que ayudar a mantenernos con labores de costura. El sueldo del Gabinete era muy bajo, como ya le conté. Pero ahí él podía innovar. Era un hombre con poder, refugiado en su trabajo. Como le digo —insiste el hijo—, su origen maya quiché fue un problema para él. Incluso, tenía leves problemas de dicción, y por eso no le gustaba mucho hablar en público.

Le pregunto si su padre hablaba quiché.

—Creo que de niño sí, pero lo olvidó. Cuando visitábamos a mi abuela en la casa del pueblo, ella y las otras señoras mayores se reían de él y hacían bromas porque había olvidado su lengua materna. Allí no se usaban sillas ni mesas, todos se sentaban sobre petates en el suelo, pero cuando llegábamos nosotros sacaban unas sillitas muy pequeñas, como de juguete, en las que apenas nos podíamos sentar, y nos ponían una mesita que daba risa —me cuenta—. Imagínese las cosas que habrá visto en su trabajo y que tendría que callar —sigue diciendo—. A veces, en casa, ya anciano, lloraba en silencio. Hubo quienes hablaron mal de él, desde luego, porque fueron afectados por sus dictámenes o porque consideraban que fue parte del aparato represor, o por prejuicio, ¿no? De todas formas, él no se aferraba a su cargo. Quiso renunciar en más de una ocasión, pero sus renuncias no fueron aceptadas. El propio Ydígoras Fuentes intentó destituirlo, y el director de la policía se opuso.

Le digo que eso parece increíble.

—¿Ya le conté lo del cadáver que tuvo que ir a reconocer una noche mi padre, pero no había cadáver?

Le digo que no, o que no lo recuerdo.

—Eso —me contesta— me lo dijo ya de muy viejo, poco después de jubilarse. La cosa es que una noche los llevaron a él y al juez de paz encargado del levantamiento de cadáveres a un lugar en las afueras, por la carretera de occidente. Había unos policías a la orilla del camino, y siguieron a pie hasta un lugar en descampado. Allí estaba un oficial de la policía junto a un hombre tendido en el suelo entre unas matas, con un tiro en la espalda. La famosa ley fuga, ¿no? Mi padre me dijo que estaba seguro de que era un obrero, porque tenía uniforme de trabajo. La cosa es que se inclinó sobre él para examinarlo y se dio cuenta de que no estaba muerto. «Aquí no hay ningún cadáver —dijo a los policías—. Este señor está con vida». Entonces, el oficial ordenó a uno de los agentes: «Pues cumpla su deber». Y éste se acercó al hombre tendido en la hierba y le dio un tiro en la cabeza —me dice.

Por la tarde.

Después de un almuerzo rapidísimo y la charla en la universidad, me encuentro en el Hotel San Jorge con Javier Mejía, que me llamó hace unos días porque quería regalarme un ejemplar de su último libro, *El agente extranjero.* Mejía fue agregado cultural en Washington y ahora trabaja para el Ministerio de Relaciones Exteriores.

Hablamos de libros (*El hombre invisible* de Ellison, como en casi todas mis conversaciones con este sujeto, sale a relucir) y después, inevitablemente, de política. Me aburro mucho; más que conversar, Mejía se jacta o se queja. Hacia el final de los cafés, aparece por ahí Martín Solera, un abogado penal que conocí unos meses antes, durante el cursillo sobre política y violencia del doctor Novales. Solera me pregunta si ya recibí mi diploma por la participación en el cursillo que me mandó con Roberto Lemus —de quien yo sospecho que fue secuestrador. Le digo que no. Le explico que he tenido que suspender mis visitas al Archivo. El abogado parece un poco sorprendido. Le aseguro que no es nada definitivo; tengo que hablar con el jefe y espero pronto poder volver a visitar La Isla. Se me ocurre pedirle el teléfono de Lemus. Voy a llamarlo, le digo, para ver si puede entregarme el diploma, que, después de todo, me gustaría tener. Apunto el número en una servilleta de papel.

Cuando Solera se va, pagados los cafés y a punto de despedirnos, Mejía me dice en voz baja que él conoce bien al jefe del Proyecto de Recuperación del Archivo.

—Un personaje muy oscuro. Si a él le llegan a encontrar algún expediente, van a ver cuántas muertes feas debe.

Pongo cara de incredulidad —una incredulidad hostil— y él continúa:

—Es muy irónico —dice— que sea él quien está husmeando en los archivos de sus enemigos, ¿no? Es también un asesino.

Incómodo, para cambiar de tema, menciono a Fouché —la anécdota que cuenta Zweig acerca de su final «en paz con los hombres y con Dios»: con los hombres, porque poco antes de morir decidió entregar a las llamas los archivos policíacos por los que muchos personajes poderosos le temían, y que se había llevado consigo al salir de París; y con Dios, porque tuvo tiempo para confesarse y recibir los últimos sacramentos.

—Yo no soy afrancesado —comenta con desprecio mi interlocutor—. La biografía que quiero leer es la de Kissinger, pero es un tocho de setecientas páginas y no he tenido tiempo.

Nos despedimos.

Desde luego —pienso ya en mi carro, mientras veo al fornido autor agente alejarse a grandes pasos en su traje azul marino Avenida Las Américas adelante—, con su empleo actual, despierta desconfianza.

El jefe no ha vuelto a llamarme.

Maquinalmente, con un temor reprimido, pensando: *no debería,* marco el número de Lemus. Nadie contesta.

Viernes. Siete de la noche.

Me reuní de nuevo con Mejía, esta vez en un restaurante mexicano. (Quería preguntarle en qué basa su temerario juicio sobre el jefe.) Encontré un pretexto para darnos cita: regalarle uno de mis libros, que me ha dicho que quiere reseñar. Llega con un amigo, filólogo y crítico literario, que estudió en París. *Bref:* un petimetre.

Mejía insiste:

—Tu jefe es, o era, el comandante Paolo —me dice, y se ríe—, ¿no lo sabías?

Yo no lo sabía, y me siento un poco ingenuo, un poco tonto. Lo que sí sabía es que «el comandante Paolo» fue parte del tribunal que condenó a muerte a las jóvenes guerrilleras capturadas en los años ochenta en Guatemala y ejecutadas más tarde en Nicaragua, de quienes habló el doctor Novales durante su cursillo.

Discutimos sobre la definición de crímenes de guerra. Mejía compara las ejecuciones atribuidas al jefe con los crímenes cometidos por militares guatemaltecos. No veo —le digo— la simetría.

Me parece que el encono de Mejía hacia el jefe del Proyecto de Recuperación del Archivo es de naturaleza personal. (De muy joven, Mejía militó en el Ejército Guerrillero de los Pobres, del cual el «comandante Paolo» fue dirigente.) Lo divertido es que ahora Mejía trabaje para el Gobierno y le parezca condenable que el otro dirija el Proyecto de Recuperación del Archivo.

Cuando nos despedimos, me sorprende al entregarme un artículo que está preparando sobre «el conjunto de mis libros». Le gustaría publicarlo —me dice— en un medio extranjero. Lo leo al llegar a casa. Me sorprende de nuevo: el tono es ligeramente elogioso.

Lunes 14.

Almorcé en casa de mis padres. Larga conversación con mi padre y Magalí. Les pregunto qué piensan que deberíamos hacer si ahora nos enteráramos de quiénes secuestraron a mi madre. Mi padre dice que haría lo mismo que hemos hecho hasta ahora: nada.

—Usted sabe —le digo—, el secuestro es un crimen imprescriptible, no importa que hayan pasado ya más de veinte años, todavía podría haber castigo.

No cambia de opinión.

Cuando Magalí se va, le pregunto a mi padre si ha guardado las cintas que grabamos con las negociaciones telefónicas durante el secuestro de mi madre. Dice que sí. Se las pido. Va a buscar en uno de sus armarios y encuentra tres casetes.

—Seguís jugando con fuego —me dice al entregármelos.

Miércoles.

Ayer por la mañana, otra entrevista con Benedicto Tun. Me explica que no tiene mucho tiempo, debe ir a la Torre de Tribunales a realizar un trámite. Me dice también que su hijo menor hubiera querido acudir a esta cita, pero por motivos de trabajo no ha podido. Sugiero que nos reunamos los tres más adelante.

Entre otros sucesos criminales que recuerda como al azar, me habla de uno conocido como «el caso de la casa #38», un robo cometido en la residencia de dos ancianas, que fueron muertas por los ladrones, entre los que estaba el nieto de una de ellas.

«En ese tiempo, cuando la ciudad era muy pequeña todavía, una manera de investigar en uso era mandar agentes a beber a las cantinas, usted sabe. Todo el mundo conocía a todo el mundo, y tarde o temprano se oía algo que decía un imprudente, que podía servir de pista. *Otra muerta,* decía un bolo cada vez que vaciaba una botellita de aguardiente. Por eso lo arrestaron, lo llevaron al cuartel, y no tardó en hablar. Era uno de los culpables, y por él encontraron a los otros dos.»

Aparece Rodríguez. Benedicto vuelve a presentármelo, nos acompaña al despacho de al lado y se despide. Aunque ya me había advertido que su amigo sufre severos lapsus de memoria, le pido a Rodríguez que me hable sobre Benedicto padre. Me dice: «Fue un hombre brillante, honorable, honradísimo, gran conocedor de su trabajo. Nuestro primer criminólogo. Por eso —explica— ni durante el Gobierno de la Revolución pudieron prescindir de él. Fue muy amigo de intelectuales como Balsells Rivera, el escritor, y de Cazali, el padre de esa muchacha que hace críticas de arte en la prensa... Venía del Quiché, sus padres eran indígenas. Y mire hasta dónde llegó.»

Le pido que me hable sobre el levantamiento frustrado contra el régimen de Ydígoras Fuentes en 1960, del que fue protagonista. Su memoria, sin embargo, es demasiado borrosa y no puede hilar los acontecimientos. De Yon Sosa (que también participó en el levantamiento y fue fundador de las Fuerzas Armadas Rebeldes) me dice: «Es una lástima que terminara así. Lo mataron el año pasado en Tapachula por contrabandista, ¿no se enteró?»

Yo sabía que miembros del ejército guatemalteco lo mataron en Tapachula, pero hace casi cuarenta años. Opto por callar.

Domingo.

Pía cumple cinco años. Pequeña celebración con mis padres y hermanas en El Tular. Minipiñata de pingüino, que a la hora decisiva Pía se niega a romper.

Lunes.

Llamada silenciosa ayer por la noche, a eso de las dos. Pía estaba conmigo, lo que me inquieta aún más.

Martes.

Por la tarde fui a Novex, la ferretería, en busca de una cuerda de nylon y arneses para facilitar una posible huida (con Pía) por una ventana del apartamento. Al final la idea me pareció ridícula y en lugar de eso compré cables y terminales para grabar conversaciones telefónicas.

Lunes.

Muy entretenido con Pía, que está de vacaciones. A la noche la llevaré a casa de su madre.

Por la mañana, llamada (que dejé al contestador) de Uli Stelzner, «el documentalista alemán», como él mismo se describe en el mensaje que dejó. Es el realizador del largometraje *Testamento,* sobre la vida de

Alfonso Bauer Paiz, activista político sobreviviente de más de un atentado y todavía activo a los casi noventa años —espléndido y raro ejemplo de buen hombre de izquierda guatemalteco del siglo xx. Alguien le contó a Uli que he estado trabajando en el Archivo. Quiere que platiquemos, me invita a tomar un café uno de estos días, dice. Le devuelvo la llamada por la tarde. Le pregunto quién le dijo que yo había estado visitando el Archivo. «Unas personas», responde. Le digo que esta semana estaré muy ocupado; quedamos en hablar la semana que viene.

«Unas personas» —por qué la evasiva, me pregunto.

Por la noche.

—Querer a alguien que no te quiere —me dice B+, que acaba de leer *Cien poemas más del japonés,* de Kenneth Rexroth, que le presté hace unos días— es como entrar en un templo y adorar el trasero de madera de un ídolo hambriento.

—Creo que comprendo. ¿De quién es eso? —le pregunto.

—Mío.

—No te creo.

—No me extraña, no me importa —contesta con cierta amargura.

Miércoles.

Voy a recoger a Pía al colegio. Hablo con su maestra. El viernes iré a leer para la clase una adaptación de un mito quiché sobre el origen del maíz, una historia de un cuervo y un pájaro carpintero que enseñan al hombre el cerro de Paxil, donde la planta crecía naturalmente.

La maestra sigue hablándome de algo que comenzó a contarme hace unos días. Ayer —me dice— presenció un homicidio frente a su casa. ¡No era a ella, después de todo, a quien vigilaban! Está muy asustada.

Me cuenta también que hace unos años vivió en México, donde conoció a una ex guerrillera guatemalteca que fue torturada por la policía. Sobrevivió, y ahora vive «normalmente» en Londres. Esta mujer le dijo que con el tiempo había llegado a perdonar a sus torturadores, pero no a sus antiguos jefes. Un día, ya terminada la guerra, fue a ver a Gaspar Ilom, el comandante (Rodrigo Asturias, el hijo de Miguel Ángel) para decirle lo que pensaba de él: que era un cerdo. «Él, Gaspar Ilom —dice la maestra—, se puso verde, pero no contestó nada».

Viernes.

Fui anoche con Magalí al antiguo Edificio de Correos a ver un documental sobre los hijos de los combatientes guerrilleros titulado *La colmena,* que se centra en hijos de altos y medios cuadros del Ejército Guerrillero de los Pobres. Uli, el documentalista alemán, estaba ahí. Se me acerca a preguntarme qué me ha parecido la cinta. El documental es monótono, pero no carece de interés. Le digo: «Es un retrato de familia, ¿no? ¿Qué se le puede pedir?»

Uli hace una crítica un poco más severa. «No debió hacerlo ese muchacho (el director del documental es hijo de un ex comandante, y creció en una colmena). Él fue uno de esos niños. Imposible ser objetivo así.»

Hablamos de uno de los casos que expone la cinta. Una mujer de unos veinticinco años cuenta que, cuando tendría diez, recibe la noticia de que su padre ha muerto en combate. Unos años más tarde, alguien le dice que en realidad su padre había sido acusado de traición, juzgado por un tribunal guerrillero, y ejecutado por sus propios compañeros de armas. (Al narrar esto, la mujer entrevistada comienza a llorar.) Un poco más adelante, sigue contando que, al final, se entera de otra versión. Unos amigos le cuentan que su padre había sido un héroe, que no cometió traición, que eso había sido un error, una confusión. «Yo siempre lo he recordado a mi padre —dice por último la entrevistada con una sonrisa cándida— como alguien que luchó por su patria».

Uli —creo que con razón— se queja de que no hayan profundizado más en este caso. ¿Quiénes juzgaron al supuesto traidor? ¿De qué se le acusaba? ¿En qué consistió el error, si lo hubo?

—Los combatientes sabían, ¿no? —le digo—, que en caso de ser capturados les esperaba la muerte, o si tenían mucha suerte, el exilio. (Muerte por sus captores, o por sus ex compañeros, pues el peligro de delaciones bajo tortura, o el de seguimiento de reos al ser dejados en libertad, era muy grande.)

—Por supuesto —asiente Uli, y continúa en tono confidencial, con su marcado acento alemán—: Yo quiero hacer un documental sobre La Isla, pero sobre la gente que trabaja ahí, en el Archivo. Por eso te quería hablar. Yo conozco a muchos. Son casi todos ex guerrilleros o hijos de ex guerrilleros. Es extraño que a alguien como vos te dejaran entrar.

—Ya ves —le digo—, pueden hacer excepciones. De todas formas, está bien que quienes combatieron con las armas el sistema que ha quedado en parte reflejado ahí, en el Archivo, continúen oponiéndose a él, digamos, legalmente, de manera retrospectiva y no violenta, ¿no?

Se acerca a saludarnos Luis Galíndez, del Archivo. Como siempre, se muestra muy amable. Me pregunta por qué no he vuelto a La Isla. Menciono las protestas de los otros archivistas por el privilegio que me concedían. Me pregunta (y esto no deja de llamarme la atención) quién me comunicó la noticia. Le digo que fue el jefe.

—Ya —me responde—, te doraron la píldora.

—¿Y sin dorarla cómo sería? —le pregunto, en tono de broma.

—Un poco más amarga —me dice.

Uli, que parece que está al corriente de mi caso, comenta:

—Claro, eso se decide en la cúpula.

—Supongo que en la misma cúpula en que se decidió darme permiso para entrar —le digo—; decidieron darme ese privilegio, y luego quitármelo. Me parece bien.

—Ve, qué democrático —dice Galíndez—. Pero es verdad, te hicieron un favor al dejarte entrar. Y tal vez también al no dejarte volver —se ríe, y Uli y yo reímos también.

—De todas formas —prosigue Uli—, todo el mundo debería tener acceso a esos documentos.

—En realidad —le digo—, creo que ahí no hay nada que no sepamos ya. Un montón de detalles, nada más. (Pero —me pregunto en silencio— ¿no dice el refrán que allí precisamente, en los detalles, está Dios, *que acecha*?)

A media mañana marco el número de Lemus. Me parece reconocer su voz en el contestador. Suena como en los casetes. Cuelgo, bastante asustado. Vuelvo a llamar y esta vez grabo la voz. Después llamo a Benedicto Tun. No responde.

Poco antes de mediodía, voy a leer la adaptación del mito quiché sobre el maíz al colegio de Pía. Por la tarde, exhausto.

Domingo.

Anoche sonó el timbre a eso de las doce, mientras dormía. «Ya está. Vienen por mí.» Otro timbrazo terminó de despertarme, con gran sobresalto. Me levanto, atolondrado, pensando en la cuerda y los arneses que no he comprado para salir por la ventana y descolgarme hacia el barranco. Me digo a mí mismo: «Pía no está, no importa». Salgo de mi cuarto, con bastante miedo, voy a oscuras hasta la puerta de entrada. «¿Quién es?», pregunto. «Yo», dice B+ (temprano por la noche habíamos reñido, como de costumbre, absurdamente). Enciendo la luz, abro la puerta.

—¿Estás borracha? —le pregunto—. ¿Qué te pasa? Me asustaste.

Explica con una sonrisa entre traviesa y culpable que quería estar conmigo. Pienso que no imagina, no puede imaginar, el miedo que me ha hecho sentir.

—¿Cuántas veces tocaste? —le pregunto.

—Dos.

—Eso pensé.

Regreso con ella a la cama, todavía con palpitaciones de susto.

Lunes.

Me pregunto si quiero realmente a B+. Me respondo a mí mismo que sí.

Después del almuerzo en casa de mis padres.

Mientras comíamos, mi padre me cuenta que el fin de semana vio un reportaje de televisión sobre el Archivo. Luego hablamos sobre la película *Capote.* Mi padre ataca al escritor. «Un verdadero hijo de puta interesado», dice. María Marta y yo lo defendemos, con el argumento de que la conducta amistosa (aunque interesada) de Capote hacia el desdichado y terrible Perry Smith debió de ser para éste, después de todo, algún consuelo.

—A ver si no te pasa a vos lo mismo que a Capote, y por estar investigando criminales no volvés a terminar un libro —dice mi padre hacia el final de la conversación.

Hoy, más temprano por la mañana, el urólogo le prohibió definitivamente a mi madre el café y la sal. Un día triste, sin duda. Por la noche, el ruido de la lluvia, la callada compañía de los libros.

Martes.

Pía duerme plácidamente desde hace dos horas.

Me pregunto si en realidad he jugado con fuego al querer escribir acerca del Archivo. Mejor estaría que un ex combatiente, o un grupo de ex combatientes, y no un mero diletante (y desde una perspectiva muy marginal), fuera quien antes saque a la luz lo que todavía puede sacarse a la luz y sigue oculto en ese magnífico laberinto de papeles. Como hallazgo, como Documento o Testimonio, la importancia del

Archivo es innegable (aunque increíble y desgraciadamente hay quienes quisieran quitársela) y si no he podido novelarlo, como pensé que podría, es porque me han faltado suerte y fuerzas.

Miércoles por la mañana.

Llamo varias veces al despacho de Tun; nada. Me pregunto si puede ver mi número cuando lo llamo y ha decidido no contestar. O si está enfermo, o de vacaciones. Volveré a llamarlo mañana.

Leo un juicio de Voltaire sobre el nieto de Enrique IV, duque de Vendôme, que me gustaría ver aplicado a mi persona: *Intrépido como su abuelo, de carácter amable, bienhechor, ignorante del odio, la envidia y la venganza. A fuerza de odiar el fasto, llegó a un descuido cínico que no tiene precedentes.*

Viernes.

Ayer llamé de nuevo a Tun. Me cuenta que estuvo varios días en Mazatenango, trabajando, que ha querido llamarme pero no ha tenido tiempo. Quedamos en almorzar el martes próximo en La Casa de Cervantes, que está cerca de su despacho. Le digo que tengo un favor que pedirle. ¿Puede él hacer un análisis de voz? Necesito comparar, le digo, voces en unas grabaciones. Contesta que sí.

Sábado 8 de junio.

Día prácticamente perdido, en familia.

Domingo.

En El Tular. Lluvia.

Lo que puede ser pensado tiene que ser con seguridad una ficción. ¿Savater?

Lunes.

Clara no pudo venir a limpiar el apartamento. Me llamó por teléfono para explicar que ayer mataron a otro chofer de la línea de autobuses de Boca del Monte, donde ella vive, y hoy los colegas conductores están en huelga.

Por la tarde.

Llamo al jefe a mediodía. Para mi sorpresa, contesta. El tono es muy amigable. Me pide disculpas por la serie de citas frustradas. Me dice que ahora está más relajado. El procurador de los Derechos Humanos ha sido reelecto, el Proyecto no peligra, al menos por el siguiente mandato, que dura cuatro años. Y el hoyo de San Antonio ya no es una amenaza seria; tienen todo listo en caso de que fuera necesaria una evacuación de urgencia. Me pregunta cómo va «el proyecto de libro». Le digo que no estoy seguro, que he estado llevando un diario, que no sé qué haré con él. «¿Un diario?», pregunta. Le explico que es un diario personal, en el que uso mis visitas al Archivo como tema, y que desde el día de mi suspenso tiene un *leitmotiv:* mis múltiples llamadas a él no correspondidas. Se ríe, vuelve a disculparse. Tengo un conflicto confidencial —le digo— y hay algo que necesito consultar con él. Se trata de un rumor que he oído, una anécdota que le concierne. Lo he anotado como tal en mis diarios, pero no sé si debería —si se diera el caso— publicarlo. Del otro lado de la línea, le oigo toser. Sugiere que nos veamos inmediatamente. Nos damos cita para almorzar en La Estancia.

Llega diez minutos tarde. Desde el fondo del largo salón central de la churrasquería lo veo acercarse; camina tambaleándose ligeramente, como suelen caminar los hombres de gran estatura. Algo de Jesse James hay en él, con sus vaqueros desteñidos y camisa a cuadros. Tiene mirada de jugador de póquer, subrayada por grandes y oscuras ojeras permanentes. Me pongo de pie para saludarlo.

Mientras comemos le cuento lo que me ha dicho Mejía sobre la eliminación de gente de sus propias filas que se le atribuye.

—Eso es verdad —me dice—, y no es ningún secreto.

Él mismo hizo declaraciones ante la Comisión para el Esclarecimiento Histórico inmediatamente después de la firma de la paz, y narró ese episodio, que calificó de error. Al declarar —añade— pidió que su nombre de civil apareciera en el testimonial, pero era un principio de la Comisión no usar, en ningún caso, nombres reales.

—Pero hay algo que no es exacto en esos rumores. Fui fundador del Ejército Guerrillero de los Pobres. Siempre fui cuadro político, nunca tuve grado militar. No combatí con las armas. El ejército, el enemigo —aclara— me puso el título de comandante, supongo que para darme importancia.

Le pregunto si le molestaría que publique la anécdota. Niega con la cabeza y agrega que puedo usar su verdadero nombre.

—Hay algo que quiero aclarar —me dice— acerca de esas ejecuciones. Me refiero también a las ejecuciones mencionadas en el documental que viste con Uli y Galíndez. Yo reivindico mi papel como revolucionario, pero también me gusta reconocer mis errores. A varios hijos de los compañeros que ejecutamos, con razón o no, porque nos equivocamos en más de una ocasión, yo he tenido que explicarles lo que pasó. Algunos dirigentes hubieran preferido que no se les dijera nada, que siguieran pensando que sus padres habían muerto o desaparecido en acción. Eso a mí no me parecía bien, y cuando protesté me dijeron que, si quería, que yo mismo les explicara lo ocurrido. Así lo hice, por mucho que me costara. No podés saber cuánto me costó.

Guarda silencio un momento, y continúa; ahora su voz es un poco más grave.

—Al hablar, todo parece un poco ligero, pero esto es algo muy serio. Es tal vez lo que más me preocupa a estas alturas de la vida. Algo que, no en un sentido figurado sino literal, es un asunto de vida o muerte para mí, que libraba entonces una lucha a muerte. Creo que soy el único pendejo que piensa todavía en todo esto.

Hace otra pausa, y me parece ver en el blanco de sus ojos un indicio de humedad que no había visto antes.

—Esas ejecuciones dentro de nuestras filas, reconozco que fueron errores, o exageraciones, excesos de severidad, cuando no fueron atrocidades. Reconocer esto no ha sido nada fácil, y lo que ahora me molesta es no haberme opuesto más enérgicamente a que se aplicaran esas medidas drásticas, con las que no estuve de acuerdo en muchos casos. Si pudiera regresar... Pero aquél era otro momento. —Los rasgos de su cara, que son más bien duros, se han suavizado levemente—. Hay quienes, aun sabiendo que nosotros mismos ejecutamos a sus parientes, no han renegado del espíritu revolucionario. Y es extraño, pero por otra parte también hay muchos que habrían preferido no conocer nunca la verdad.

Me habla de un caso particular, el asesinato de una periodista por el cual el Estado se ha hecho responsable. A pesar de que —según a él le consta— esta mujer fue ejecutada por orden de los dirigentes de la organización guerrillera a la que pertenecía, sus propios deudos prefieren pasar esto por alto porque existe la posibilidad de cobrar una indemnización del Estado, lo que sería imposible si el asesinato es atribuido a la guerrilla.

—Me gustaría hablarte de todo esto con más tiempo —me dice. Insiste en la importancia vital que estos problemas de conciencia tienen para él.

Le digo que debo salir de viaje muy próximamente (no le digo, y no pregunta, adónde). Prometo darle, a mi regreso, un borrador del texto que estoy escribiendo sobre el Archivo. Le aseguro que no lo haré público sin su consentimiento.

Por último, en tono de humor, me cuenta que ha tenido problemas laborales con una agrupación de jóvenes investigadores del Archivo. Un telediario local emitió ayer —sin dar a conocer las fuentes— una noticia en la que se les acusa a él y a otros responsables del Proyecto de maltrato a sus empleados. «Es peor que administrar una fábrica, esta chamba», se sonríe el ex dirigente guerrillero.

Partimos la cuenta en dos.

Martes.

Camino del centro llamo a Benedicto por mi celular para confirmar nuestra cita para almorzar en La Casa de Cervantes. Se excusa: ha sido llamado a última hora por un cliente que lo espera en tribunales. Quiso llamarme más temprano pero no encontró mi número. Podemos, si me parece, almorzar el jueves próximo, en el mismo lugar. En vez de seguir hacia el centro doy la vuelta y me dirijo a la zona 14, para almorzar en casa de mis padres.

Jueves.

Reunión con Benedicto Tun y su hijo Edgar en el lugar acordado. Almuerzo mediocre, conversación cordial. Antes de que llegue su hijo, le entrego dos casetes de audio: uno con la voz de Lemus que grabé del mensaje de su contestador; otro con un breve fragmento copiado de los casetes con las negociaciones del secuestro de mi madre. Dice que dentro de dos o tres días podría darme el resultado.

Me cuenta otra anécdota familiar. El secuestro por guerrilleros y posterior arresto policial de uno de sus hermanos, médico pediatra, en 1970.

De la familia Tun —me dice después— alguien había dicho alguna vez en público, su padre aún en vida—: «Se parece a un rosal. Tiene rosas, pero también espinas». Con lo de las espinas —me explica— probablemente se referían a él, por sus ideas de izquierda.

Llega su hijo. Quería conocerme porque ha leído algunos de mis libros, dice. Escribe teatro. Veo un claro parecido con su abuelo, según la foto de éste que me enseñó Benedicto, quien, por cierto, no se parece a ninguno de los dos.

Edgar Tun es un joven de unos veinticinco años, delgado, de apariencia frágil y mirada despierta. Lleva su propio almuerzo, que condimenta con aceite de oliva virgen, que también trae consigo. Sufre del páncreas, explica. Estudió ciencias jurídicas y sociales, y ahora trabaja como investigador en el Programa de Resarcimiento para Víctimas del Conflicto Armado.

Benedicto habla de la muerte de Turcios Lima, atribuida generalmente a un accidente de tránsito en la Calzada Roosevelt de la ciudad de Guatemala. Según Benedicto padre, que fotografió los restos del auto en que viajaba el dirigente guerrillero con su novia y la madre de ésta, fue un atentado. «El automóvil, un Mini Cooper, se incendió demasiado rápido —dice el hijo—. Tal vez usaron fósforo blanco, pero la causa del incendio, según mi padre, no pudo ser la simple gasolina. En cualquier caso, se dijo que si hubo atentado sería por parte del Partido Guatemalteco de los Trabajadores, que decidió eliminar a Lima por indisciplinado.»

Él, Benedicto hijo, conoció de adolescente a Turcios Lima. Era menor que él, y muy inquieto, me dice. Fue ahijado del arzobispo de Guatemala, monseñor Casariego, y, según entendí, la Casa Arzobispal fue alguna vez el escenario de sus amoríos.

Relata también algunos detalles del asesinato del embajador de Alemania, Karl von Spreti, en 1970. No todos los miembros del grupo de las Fuerzas Armadas Rebeldes que lo secuestró querían ejecutarlo —dice— cuando el Gobierno se negó a liberar a los presos políticos que eran parte de la negociación. «Casi se agarran a balazos entre ellos, porque no se ponían de acuerdo.» Esto se lo contó un amigo suyo que pertenecía a ese grupo, y que luego desapareció. Era uno de los que se opuso a la ejecución. «Al saber que había sido capturado, su compañera me llamó. Fui a su casa, y me enseñó, entre otras cosas, unas cartas que Von Spreti había escrito durante su secuestro. Las tenía escondidas detrás de un espejo. Las leí, y luego las quemamos. Guardar algo así en esos días era demasiado comprometedor.»

Habla también de un periodista suizo que visitó Guatemala en tiempos de Ubico. Acusado de comunista, fue fusilado en la penitenciaría de la capital. Ya preso, hizo amistad con su padre, que no lo creía culpable. Antes de ser ejecutado, el suizo le regaló una máquina de escribir portátil, que Benedicto hijo conserva hasta hoy.

A mediodía, un mediodía nublado con olor a lluvia, en la Lexus color azogue, entre semáforo y semáforo, pienso en mis debilidades. Un remordimiento ligero y, como resultado, la reflexión de que tal vez hay que ser un poco inmoral para ser una persona moral al menos en ciertos aspectos, para comprender «el mecanismo de la moral».

Viernes.

Larga entrevista con Uli en el café de TacoBell. Sigue pensando en hacer un documental sobre La Isla. La madre de su «compañera» que trabaja en el Archivo —me cuenta— fue capturada por agentes de la Policía Nacional hace muchos años y no volvió a aparecer. Todavía buscan su paradero. Parece que entre los documentos del Archivo hay algo referente a su captura. A raíz de esto, Uli ha visitado el cementerio general de La Verbena. En los libros de ingresos hay datos de sumo interés si uno busca desaparecidos, con detalles de la procedencia y señas generales de los cadáveres, me dice. Le hablo por extenso sobre Benedicto Tun.

Domingo. Día del Padre.

Por la tarde, después de un día extraño y placentero, pero con final reñido, B+ me dice por teléfono que no quiere verme mañana, ni por unos días; necesita «tiempo para pensar».

Lunes.

Por la mañana llamo a Tun. Ha hecho analizar las cintas —me dice—; cree que es la misma voz. «No es una prueba irrebatible, sobre todo porque las muestras no son contemporáneas, ¿no? Pero es bastante segura.»

Pienso en Lemus: patético, sombrío. Éste era entonces el Minotauro que me esperaba en el fondo del laberinto del Archivo. De tal laberinto, tal Minotauro. Probablemente me tiene tanto miedo como yo a él. ¿Si lo atacara —me pregunto— se defendería?

Casi medianoche. Dos llamadas, una inmediatamente después de la otra. En el otro extremo de la línea, silencio, tal vez ruido de lluvia, pero no llueve esta noche sobre la ciudad de Guatemala.

Martes.

Hasta hoy no había pensado seriamente en dejar de escribir este diario —pero es como si el germen del final ya hubiera contaminado el organismo.

Recibí un correo electrónico de Guillermo Escalón, que acaba de volver de París. Lo llamo por teléfono y quedamos en cenar mañana.

Llamada de larga distancia de Homero Jaramillo. Necesita verificar unos datos —el número de teléfono y la dirección exacta de mi apartamento (donde vivió durante casi todo el 2003). Está llenando unos formularios para solicitar una extensión de su asilo en Canadá, me explica. Tono jovial, como casi siempre. Al colgar, tengo un presentimiento poco halagador.

The most precious thing in life is uncertainty. Kenko.

Jueves.

Anoche cené con Guillermo, después de acompañar a mi padre y a Magalí a hospitalizar a mi madre. Le han puesto una sonda para drenar orina y evitar que su riñón defectuoso sufra un colapso.

Larga plática con Guillermo sobre el proyecto del Archivo. Uli lo ha invitado a que colabore en el documental que está preparando. Guillermo no ha dado una respuesta definitiva. Le digo que la idea de un documental en ciernes me hace querer dejar de escribir sobre el Archivo, que las cámaras harán mejor trabajo que yo.

Viernes.

Llamada de Uli. Viaja a Alemania el domingo. Quiere dejarme ver un documental filmado por la Procuraduría de los Derechos Humanos sobre el hallazgo del Archivo. No podremos vernos antes de su partida, pero en casa de una amiga suya dejará una copia para mí.

Lunes, de noche. Hotel Caimán.

En el Pacífico con Pía, que tiene vacaciones.

Yo estaba tratando de ordenar estas notas, esta colección de cuadernos, cuando ella, que desde hacía unos minutos insistía en que le contara un cuento, me preguntó qué estaba haciendo. Le dije que estaba tratando de armar un cuento.

—¿Para niños? —me pregunta.

Le digo que no.

—¿Para grandes?

Le digo que no sé, que tal vez es sólo para mí.

—¿Sabés cómo podría terminar? —me dice.

Niego con la cabeza.

—Conmigo llorando, porque no encuentro en ninguna parte a mi papá.

Me río, sorprendido. ¿De dónde sacó eso?, me pregunto. Me quedo un rato escuchando el retumbar interminable de las grandes olas del mar.

Nota

Hace más de diez años, cuando visité por primera vez el lugar conocido como La Isla, donde hoy se encuentra el Archivo Histórico de la Policía Nacional de Guatemala, el rescate de esa millonaria acumulación de legajos y de aberraciones era todavía un proyecto ambicioso y arriesgado, que en varias ocasiones estuvo a punto de frustrarse. Hoy el Archivo es cosa pública (archivohistoricopn.org); el impasible trabajo de catalogación de millones de documentos policíacos ha facilitado el esclarecimiento judicial de casos de desaparición de personas y otros crímenes de lesa humanidad.

Quiero agradecer a Gustavo Meoño, director del proyecto de recuperación del Archivo, que me haya permitido, como escritor de ficción, aventurarme por esa isla.

RODRIGO REY ROSA, 2017

Índice

Este libro se terminó
de imprimir en
Madrid (España),
en el mes de
junio de 2017